生生嘉陵

第二届
川渝作家环保行作品集

重庆市生态环境局　四川省生态环境厅
重　庆　文　学　院　四川省小小说学会　编

中国环境出版集团·北京

图书在版编目（CIP）数据

生生嘉陵：第二届川渝作家环保行作品集 / 重庆市生态
环境局等编 .—北京：中国环境出版集团，2024.1
ISBN 978-7-5111-5714-0

Ⅰ.①生… Ⅱ.①重… Ⅲ.①中国文学—当代文学—
作品综合集 Ⅳ.① I217.1

中国国家版本馆 CIP 数据核字（2023）第 234593 号

出 版 人　武德凯
责任编辑　田　怡
封面设计　今亮后声·闫磊

出版发行　中国环境出版集团
　　　　　（100062　北京市东城区广渠门内大街 16 号）
　　　　　网　　　址：http://www.cesp.com.cn
　　　　　电子邮箱：bjg1@cesp.com.cn
　　　　　联系电话：010-67112765（编辑管理部）
　　　　　发行热线：010-67125803，010-67113405（传真）
印　　刷　玖龙（天津）印刷有限公司
经　　销　各地新华书店
版　　次　2024 年 1 月第 1 版
印　　次　2024 年 1 月第 1 次印刷
开　　本　787×1092　1/16
印　　张　14.5
字　　数　186 千字
定　　价　98.00 元

中国环境出版集团郑重承诺：
中国环境出版集团合作的印刷单位、材料单位均具有中国环境标志产品认证。

序 天地之间嘉陵江

"为什么我的眼里常含泪水？因为我对这土地爱得深沉……"

诗人远去，诗声永恒，因为诗人脚踏大地之上，心贴大地之上，泪洒大地之上——千山万水不忘来时路，树高千尺根深在沃土。

我们从来没有忘记脚下的土地、身边的江河，因为我们知道它们从哪里来，要到哪里去。

"你从雪山走来，春潮是你的风采；

你向东海奔去，惊涛是你的气概；

你用甘甜的乳汁，哺育各族儿女；

你用健美的臂膀，挽起高山大海……"

我们这样歌唱长江！

长江，那是唐古拉山格拉丹东雪山的滴答声，那是树叶下、竹叶下、花草下、阳光下的滴答声，那是乡村屋檐下的滴答声，那是斗笠蓑衣下的滴答声，那是父老乡亲血管里的滴答声，那是长江的滴答声……滴答在中国大地之上。

我们这样聆听长江！

长江，流过我们的家乡，我们用乡音呼喊门前的大江——沱沱河、通天河、金沙江、沱江、岷江、嘉陵江。

我们相约嘉陵江！

2022 年 6 月 5 日，四川、重庆两省市作协和生态环境部门联合开展六五环境日主场活动。中国作家协会副主席、四川省作协主席、四川省生态环境保护大使阿来，启动了第二届"双城绿动话发展 川渝作家环保行"活动的按钮。

2022年10月30日，为贯彻落实党的二十大精神，进一步加强生态文明建设和生态环境保护的文学艺术宣传，助推成渝地区双城经济圈的生态共建、环保共享，由四川省生态环境厅、四川省作协、重庆市生态环境局、重庆市作协主办，四川省小小说学会、重庆文学院承办的第二届"双城绿动话发展 川渝作家环保行"活动正式启动。

重庆市生态环境局二级巡视员彭启学和重庆市作协副主席、重庆文学院院长张兵振臂一呼，重庆作家何炬学、文猛、吴佳骏、罗晓红、陈泰涌、赵域舒，从重庆两路口启程。

四川省生态环境厅二级巡视员王前程、四川省作协副主席伍立杨挥动队旗，四川作家刘裕国、张生全、邱秋、骆驼、欧阳明、邹安音，从成都启程。

我们相会小平故里——红色广安。

"两江汇流"，广安的红色，嘉陵江的蓝色，成为每一个作家心中最美的底色。

10月30日至11月3日，川渝作家深入四川省广安市广安区、武胜县，重庆市合川区、潼南区等地，开展采风采访活动。每天都在感动，每天都有惊喜，每天都在记录，天更蓝，地更绿，江更清，环境改善着我们的生活，在清清的风中，一江春水向东流。

"我们静静地伫立在江边，这种静，是仰望唐古拉山格拉丹东的静，是仰望珠穆朗玛峰的静，是仰望祠堂里祖辈们牌位的静。静静地想自己、想河流。一阵风过，江鸥翻飞，汽笛长鸣。多少次流淌在梦幻里的嘉陵江，如今就在我们的身边，就在我们的脚下，从三秦大地而来，跨过战国的动荡，见惯汉魏的风云，奔流在唐宋的诗篇中。"

这是作家笔下的文字。

这是绿水青山下的盛世文字。

踏遍百川，安逸四川，这是四川的幸福。

行千里，致广大，这是重庆的气势。

历史的考卷在天空之下、大地之上铺开，它考验着我们四川人、重庆人对脚下的土地和身边的江河有多深的认知，对老百姓的感情有多厚的认知。

开展生态文明建设，这是民富国强的大政方略！

我们走向大地，走向嘉陵江，去听巴蜀大地的声音，去听我们的脚步声，去问大地的绿，去问大江的清，去问群众的笑，去问明天的路——

山不倒就叠成历史；人站立就汇成生活。

让乡村的土地改版，庄稼不再是土地唯一的主题，生长庄稼，生长鲜花，生长果园，生长柏油路、沙砾路、产业路，生长高铁、空港、深水码头，生长工厂，生长最美乡村，生长我们期盼了几千年的丰衣足食！

让乡村的面貌焕然一新，绿水青山，金山银山，最美丽的房子是乡亲们的家园，最阳光的幸福是乡亲们脸上的笑容……

让《在希望的田野上》的歌声成为盛世的旋律——

"我们的家乡在希望的田野上，炊烟在新建的住房上飘荡，小河在美丽的村庄旁流淌，一片冬麦那个一片高粱，十里哟荷塘十里果香……"

山在我们脊梁之上，汗珠是路标；

路在我们大江之中，远方在呼唤——

一张张新农村的蓝图，我们有沉稳的构思，我们有大胆的彩墨，我们有执着而细致的笔触，巴蜀人民的自信和内生动力集体迸发，我们从来没有今天的斗志昂扬、气壮山河！

让《太阳出来喜洋洋》的歌声成为今天最舒心的欢笑——

"太阳出来啰嘞，喜洋洋啰嘟啰，挑起扁担嘟嘟扯哐扯上山岗哟呵……"

歌声响起来，在山岗、在山坡、在田野、在河谷、在心中。

"只要我们啰嘞，多勤快啰嘟啰，不愁吃来嘟嘟扯哐扯不愁穿哟呵……"

大山架构的骨骼和江水联结的血脉，支撑着踏遍百川、安逸四川和行千里、致广大的宏伟气象，太阳出来喜洋洋，巴山渝水歌飞扬，喜洋洋的梦想唱响千百年，不愁吃不愁穿的梦想唱响千百年，今天，太阳出来喜洋洋、不愁吃来不愁穿的梦想终于实现！

重庆女作家赵域舒一路走，一路记，一路问，"这一次采风，要说的太多太多，也许，我的笔，无法穷尽这短短几天我所看到的，以及感动我的，和振奋我的……那么，就让关于川渝环保的记录一直在路上！"（赵域舒《一次关于环保的田野调查》）

四川作家欧阳明在他的散文《选择》中这样论述人与自然的关系，读来让人回味——"自然生态，是不可逆的，有的一经破坏，即便付出再大的代价，也无法挽回。历史经验告诉我们，人与自然和谐共生，人类的生存和发展才有机遇和希望。反之，则将面临着挑战和灾难。"

青年散文家吴佳骏因事，提前撤退回到重庆，没有走完剩下的行程，但是他的文字依然那么深刻，那么耐人寻味，对于嘉陵江生态环境的巨大变化，他的文字永远不会撤退。"我沿着流水走，却不知道流水流向哪里。我也不知道流水的脚步声，是否敲碎了河床的梦。我从上游走到下游，流水从白天流向黑夜。我走旱路，它走水路。流水拐弯的地方，都会借我的倒影来做标记；我歇气濯足的地方，也会借流水的浪花来做纪念。我静静地跟着流水走，流水也静静地跟着我走。有时我们像是在赛跑，看谁最先抵达终点，换取把汗和血流干的尊严；有时我们又像是在共同抵抗光阴，营造一段虚构的旅程来朝拜天地。但走着走着，流着流着，我们就变成了另外一个样子——流水变成了我的泪水，我变成了流水的骨头。"（吴佳骏《向世界的郊区撤退——从广安到武胜》）

从小在万州长江边长大的重庆媒体人、作家陈泰湧，骨子里热爱身边的长江，对长江从哪里来充满了无尽的向往——"一路走来，我们见证了自然的力量。行走于天地之间，能一直感受到大自然的神奇魅力，惊叹于造物主的鬼斧神工。当面对它们时，我们往往会对人生、对事物多了一些更深的思考。与大山相伴，能感受到伟大的力量；与河流对话，能汲取到宽广的智慧。天空只有包容云，才能有彩霞；当河流包容溪流时，它就显得广阔无垠；当土地容忍种子时，它会有大丰收；当我们珍惜眼前的一切美好，人类才有未来。"（陈泰湧《溯江而上，水流花放》）

和陈泰涌一样在长江边长大的重庆作家文猛，是第一次逆流而上走访上游的嘉陵江。"江河是长在大地上的一棵大树，这是关于江河最走心最贴切的比喻。作为一个在长江边长大的大江之子，门前的大江从哪里来？这是我们血脉中永远抹不去的悬念和向往。如果说长江是中国大地上最长、最大的一棵大树，嘉陵江、岷江、赤水、沱江、乌江、雅砻江、汉江是这棵大树上最长、最粗壮的枝丫。我拜问过长江上游的岷江、乌江、雅砻江、赤水。嘉陵江一直在等着我。"（文猛《给你一条江》）

在接受媒体采访时，四川作协报告文学专委会主任刘裕国说出了作家们一直想说的话："一路走来，一路感动。当我们抬头望望一碧如洗的天空，看看镶嵌在绿水青山之间的产业园，呼吸清新的空气，脑海里总会浮现亲眼见证的生态环境建设者和守护者们忙碌而忘我的身影。他们每一个人都在为天更蓝、水更清、环境更优美而负重前行。他们正在打一场没有硝烟的战争。他们和冲锋陷阵的战士一样，是我们这个时代最可爱的人。他们用行动告诉我们，我国正在进行的青山绿水保卫战是一场伟大的战役。它和脱贫攻坚一样，将是一个伟大的历史事件。"

关于嘉陵江，四川作家邹安音应该是记录最多的作家，这是她第二次参加川渝环保行采风活动。在她的散文《在金秋的原野上万物和谐共生》中，我们读到了这样一段感人的文字："天地之间，是人与自然的和谐共生。沿着江河行进，风景如诗如画，但最后归结一点：那就是离不开环保人打响的守护家园保卫战，比如四川广安的污水处理厂、重庆合川的临渡村农村生活污水处理站、重庆潼南的双江古镇浮溪河和猴溪河河道综合整治工程，就形象直观地显示了出来。回望这几天的蓝天和白云，青草和泉流……在一个个美丽的景象背后，是勤劳执着的环保人，在负重前行！"

对于环保人的感动，女诗人罗晓红一路用相机记录着，用文字记录着，用新闻传递着，每天都要向川渝有关媒体发送采风的新闻，看似在记录作家们的采风，其实是在记录她对环保人的感动——"守一方风清月朗，护一城山清水秀，守护二字虽短，责任却非常重大。环保人为岁月守护生态环境，为生活铸就美好，从生物多样性、大气环境治理、水环境治理、环境执法、制度建设等各个领域，每一个人都在生态环境领域，以赤诚之心守护着生态之美。"（罗晓红《一幅徐徐展开的秀美画卷》）

四川著名作家张生全在他的散文《嘉陵江是一棵"树"》中这样倾诉着他对大江的热爱："作为一棵树，嘉陵江和别的树有点不同，它是一棵躺卧的树。从长江出发，嘉陵江始终贴着地面往上长。它贴得很深，就像蚯蚓伸出尖尖的脑袋往上拱，一直拱进泥土深处，拱得浑身上下一股浓重的土腥味。这样的生长姿势，使得嘉陵江哪怕躺在喑哑的地图上，我也听得到它粗壮奔突的呼吸之声。"

"备问嘉陵江水湄，百川东去尔西之。但教清浅源流在，天路朝宗会有期。"这是唐代诗人薛逢给嘉陵江的诗。

南充人、广安人、武胜人、阆中人、合川人、潼南人、北碚人、渝北人、江北人、渝中人，大家一路守望着千里嘉陵江，建立起流域共治网络和江河联合巡河网络，"但教清浅源流在，天路朝宗会有期"，共同为嘉陵江书写盛世之诗，把一江清水送入长江。

沿着嘉陵江一江清水走下去，嘉陵江走到重庆朝天门，一江清水投入长江，长江前方是三峡，三峡前方是大海，大海前方是天空……

　　这里的热闹叫"轻舟已过万重山"，这里的坚毅叫"红岩上红梅开，千里冰霜脚下踩"，这里的豁达叫"唯见长江天际流"，这里的忠勇叫"独钓中原"，这里的欢歌叫"太阳出来喜洋洋"，这里的爱情叫"我望槐花几时开"，这里的奉献叫"告别故土再造家园"，这里的力量叫"不尽长江滚滚来"……

目

录

第二届川渝作家环保行作品集

生·生·嘉·陵

树，或生生生之态

何炬学

一

一

　　曾经于六七年前去过广安，参观过邓小平故里，印象深刻的是那成片成片的树林。树林很广阔，品种多，因而林相也比较丰富。林子大都是后来栽种的。有中央国家机关的、有一些省市的、有高级领导的。还有科技林、巾帼林、青年林、大学林乃至记者林等诸多类别。一株、一株，成块、成片，然后成林，据说有 60 余万株之多。总之，各色树木各具情态地自在生长着，最后构成了蓊蓊郁郁的、广有数百亩的一片小森林。树、树林、小森林，拥围在一个小小的院落周围，靠近或展开，广铺或高举，生机盎然，意态潇洒。我极感动于这样的"树的存在"，它不仅让我感受到世人向邓公致敬的虔诚之意，更让我感受到一种不可名状的特殊气场，给我以振奋。

　　这次去广安的首站就是参观邓小平故居。还没有到达，眼里就浮现出记忆中的树林来，心隐隐然有所撼动。

　　再听讲解，再浏览。文字、图片、影像、实物，伟人的风采自然又一次激发了我的崇敬感戴之情，但是，我的心中却不止这一两种情绪。在对邓公的崇敬感戴之外，满腔满腹还涌动着第三种情绪。那是什么呢？当我站在邓公故居前的院坝上，看着前面的清水塘、清水塘之后的田埂、田埂之后更远处的笔架山时，我领悟到那沛然而出的情绪，原来是隐隐如轻雷般的感动。是的，那情绪就是感动，就是我上次来过有所感触但还没闹醒豁的东西（以为是一种特殊气场）。

　　再一思量，感动虽是感动，可究竟又因何而感动呢？——这周遭无声拥围的小森林仿佛内聚着一股磅礴的力量，把我推拥，似乎要叫人飞奔起来，一步跨越水塘、跨越田畴、跨越笔架山，奔向远方。

是这个吗？

回到故居一侧的铜像广场，我再次瞻仰邓公安然地坐在一把藤椅上的铜像。树林环合，风过叶响，但见林梢枝柯间彩色翻飞如戏如闹。"生态"，我想到此行的目的是学习了解生态建设。看着周遭的小森林，看着邓公端坐于如斯的环境里，看着他慈祥的笑容、安然的意态，我福至心灵般明白：邓公的伟大，不单单是"挽狂澜于既倒，扶大厦之将倾"；他功德无量处，更是其耐心而努力地为中国营造了一个务实、开放、融入、共享的好生态。有了这个好生态，中国才因此一步一步走向繁荣昌盛。

不可否认，直到此时，我才闹明白内心隐隐如轻雷之感动的真正来由。这感动不是被某种力量所裹挟激发，而是感动于这小森林共存共荣自在葳蕤所暗示给我的、由邓公所营造的中国新时代之繁荣发展生态。

我品咂着，回味着，不断考订此次来邓公故居所爆发的第三种情绪存在的合理性。上次来时隐然小感，这次来则轰然腾跃。好多天之后，我依然觉得小森林之小生态极其逻辑地启发了我对邓公大手笔下的大社会生态构建的联想。我固执地认为，心下有如此感动，来由是合乎情理的。

为了更加说明感动——这第三个情绪的来由，不妨把我后来写的《生生之态——在邓公铜像前》，奉送阁下：

绿树围合之中，一位老人坐在藤椅上

慈祥而安泰

仿佛他刚洗去了腿上的泥巴

抖落了肩背上的杂草

收拾好地里的荒芜

是的，他刚刚坐下来

缓缓吸了一口烟

透过袅绕的丝绸般的烟雾

他满意地看着生机盎然的小林子

他宽慰地笑了

他艰难而耐心地培育了一个新的生态

以开放融入、谦虚共存的精神，撤除了

颓败的、自大的围墙

让田野吹来了清新的空气

让百花从枯萎里重新活了过来

让各种草木在它应得之地沾溉了雨露

我怀着崇敬的心情，远远地瞻仰他

他的微笑定格在蔚蓝的天空中

我听到了老人内心的独白：

万事万物唯存于态——

自由、包容与开放的生生之态

二

由此我也理解了为何自古以来中国人喜欢用树来表达心中的寄托。

种树，喜爱种树，不管高门大户还是竹篱茅舍之人，概莫如此。爱树，种树，古往今来在国人心中几乎具有宗教般的情感。这个不为人大书特书的民族心理和习惯，为举世所罕见。不是吗？如果房前屋后没有树，那人家是感到不安全、没气象的。村头寨顶没有古木，那村子是缺乏精神和聚集指向的。文庙武庙里该有一棵古柏，那才显出古雅、显得人格与力量的崇高。桥头渡口得有一株老柳或黄葛树，这样送别与归来方才都是可以期待的肯定事实，当然也赋予了离情别绪以几分优雅和自控力。战胜时，君王或将军不仅勒石以铭功，还得手植一株良木，让其在边境之地生长以彰显天朝的不可侵犯。金榜题名、洞房花烛、喜得贵子或高寿生辰之时，也是要选一棵嘉树来栽下，不仅为了纪念，更是以之为更大更远的寄望。

在都市广场和步行街上，西方多以雕塑和纪念碑来展示其气象与历史，而我们总还是偏爱以古木大树为焦点和中心。树在城中，城在林中。为树披红挂彩，为树绕道改行。

砍伐一棵，必当补植一株，几为风俗。后来更有植树节……

树，似乎半人格化了。但这仅仅只是表象，深刻的寓意自然是中国人根深蒂固的对人世间、对人与自然界和谐共生的向往。

三

　　一棵树，一棵柚子树，几十年后延绵为一个柚子园区，广有近 25 万亩，单株计算的话，多达 1000 万株以上了。我想，就繁衍与影响力上来讲，世上没有哪一棵树能够跟这棵树比肩的了。

　　这棵树生长在广安的龙安乡群策村。人家屋后一个小山湾的里端，一株主干分叉为三枝干的柚子树前，立着一块石头，上刻"百年柚王"四字。有关资料显示，这棵树是树前主人家唐姓先辈清末从福建来此定居时，从武夷山带过来栽下的，树龄当然过百了。又有村民说，此树乃是唐某当年在杨森手下当兵某年回来过春节带回来栽下的。这样看来，树龄在七八十年。虽然从树形与树干的大小上看，说这棵树有百多年，未免让人不敢肯定，但是，说满山遍地铺开而去的茫茫柚子树林皆为此树开枝散叶的结果，则是远近村民都认可的。

　　唐家的先辈，当年从远地带回一棵柚子树苗栽种在屋后，不过是开花时闻香，成熟时吃果，四时则看团团绿荫笼罩茅舍土屋而已。不管是逃难者带着树苗去远方为的是鼓舞士气寄托美好的希望也好，还是当兵的人厌弃了杀伐带一株柚树回家重建田园稼穑以耕读为本也罢，总之，这一棵树，在当年和后来花香果甜的前几年里，它仅仅只是一棵果树，一棵唐家私有的果树。当柚子树的花香一年年飘荡在远近村民们的面鼻前，当黄澄澄的柚子果子点亮隆冬稍显灰暗的雾气沉沉的屋舍之上，当甜滋滋的味道终于让更多的村民在舌尖上品咂流连，这个时候，这一株来历本属平常用意也十分朴实的树，就开启了它繁衍扩张带给更多的人以更多的实惠的生命历程。先是左近的邻人来，一年又一年，十里八乡的人投问着来。他们从这棵树上"靠"下一根枝条，等待泥土包裹的伤口里长出了根须，然后就从树枝上移走，便可以成为在别的土壤里栽种成活的"新树苗"了。

花好香，果好吃，树好看。远远近近，十年二十年三四十年下来，不知不觉中，原来一株，却成万万千千。此地原无柚，渐渐有声名。到了20世纪90年代，政府开始着力推广，选育、嫁接、栽培、管理，品牌包装打造。到如今，"龙安柚"已经成了四川省的知名农产品品牌。几乎所有人家的果子，都在上半年通过网络预订了出去，去年产值达20多亿元。

在母本园中一小山梁平台上，举目四望，无非柚林。一团团浓绿如一团团滚浪，既向四面八方铺排而去，又朝这中心点簇拥而来。这浪涌海阔的画面，真个让人心动。点缀在绿波中的房舍，仿佛起伏着的船只，尤其加深了柚林无边无际的壮阔感。

这眼前景象，真是一棵树演化的吗？

过客只有恍惚梦幻的不真实，但真相却在时间的长河中由亲历者掌握着。几十年下来，一切皆有可能。如果龙安乡之龙安柚栽培早且出处多，为何要特来为一棵树加冕呢？所以，我相信那棵"百年柚王"即便时间上或许存有多说，但其演化出如今的浩瀚之园，则是不可怀疑的。

"每一树都网购出去了"。

当我听到果农这样说时，我由衷地为他们感到高兴。不仅如此，我还感受到了这句看似平常的话带给我的一种魔幻感。我不免想到，当年那第一棵柚子树结果时，摘下它的人，他哪能知道几十年后的果子，将被千山万水之外并不相识的人隔空"订购"呢？

同来的采访者，有人在飞无人机。从空中看下来，这一棵树演化出的柚树之海，将是另外的一种格局。由于今年大旱，虽然时在11月初，但果子还没有十分成熟。但见那绿叶繁枝里，垂下或黄或青的累累大果来，让人不禁牙龈间泛出甜丝丝的滋味弥久不散。那株地处山湾并不显赫的母本树，让我想起了中国传统的母亲形象来。她繁衍，无声地繁衍，子孙遍地，各显荣华，而自己还依然在"开花结果"，生生不息。这不能不让人赞叹：这就是树的能耐和力量！于是，我写了一首小诗来赞颂她。

一棵树繁衍出了整个镇子的树

一团绿晕染出了千千万万团绿

一个人的向往

带出了许许多多人的向往

一个柚子的成熟金黄了所有果农的钱包

有人在飞无人机

每一棵树都被网购了

你的到来

仅仅只是一个见证和注脚

四

渠江自广安而下，到重庆的合川与嘉陵江交汇。当这条江不急不慢而来，陡然被一座拔地而起四面刀砍斧削的山峦挡住后，就改其往时的婉转与逍遥，从此变成了深峡高谷间的奔流急湍。

那挡住了渠江与嘉陵江交汇的山，就是赫赫有名的钓鱼城。

风物激荡之下，水性也有了不同。

但树呢？

树也不一样了。

翁翁郁郁如厚重的绿云铺盖在山上，站在渠江之口或嘉陵江之滨仰望，我们已经看不见当年的碉楼垛口，也看不到风萧萧兮旗猎猎。当年炮火的轰鸣声，铁马兵戈喑哑的呼啸与悲壮的嘶鸣，都化作了人们心中的想象。钓鱼城上的石头如果是一部摊开的大书，那过往的史籍任由来者审读的话，与石头一样雄踞其上的古树，则是一个个能够言说的老人。他们在朝岚暮霭无风之时沉默，在日高月明有风之时则常常会低言细语。石头上刻下的文字，石头上留下的碓窝和大锅，石头上深凿的炮位和柱础穴，石头上站立或睡卧的大佛小佛，石头上被千千万万穿了鞋或光着脚片子的人走过的踏痕，无不让后来者感受到一丝丝当年战火纷飞、激昂悲壮的气息。

相反，几百年后的今天，唯有那些古树，以超然的风姿，在暖日和风下以安详的浅吟低唱，安慰着前来凭吊者或激昂或悲壮或遗憾或惆怅的思古之柔肠。在当年架设过十多米高的瞭望塔和最大抛石机的大石咀边（古称钓鱼台），一棵古老的黄葛树虬曲如苍龙般遮蔽着偌大的一片天空。四维之重峦叠嶂，加之以渠江、涪江然后是打左手而下的嘉陵江，凡所目及的远山近水，都被这一棵老树收在眼底，大有"收拾这大地山河一树藏"的气概！

静静观赏了钓鱼台边这棵古树之后，再回首看看池塘里摇曳的荷花、水渠边粉墙黛瓦的房舍，你一度澎湃着的登临怀古的苍茫心绪，立马就回落到鱼米麻桑的安宁中来了。钓鱼城上的黄葛古树很多，但论气势和风貌，当以此树为最。当年它身后的那抛石机所抛出的石头，无意中击毙了隔江升台观望的蒙哥，所谓"上帝之鞭折戟于斯"，这样的偶然奇事，引无数后来者几多遐想。

尚有另外一棵树，巍然屹立八百多年，年年丹桂年年香。它如今看去虽然多少有些"残肢断臂"，然而这更加凸显了其历经数百年风雨的风骨与力量。这是一棵明确记载为南宋绍兴二十五年（公元1155年）由田少卿捐资扩建护国寺时所植。

跟黄葛树狂放恣肆的豪雄气势不同，这棵古桂树，似乎更着意于低调的内敛存在。它似乎在寺庙中梵呗之诵唱声里，领悟到了和合之美于人世间的极端重要性。这让我想起了一个人，那就是耶律楚材。

他帮助成吉思汗西征并在后来窝阔台当皇帝时出任中书令，元朝坐稳之后的汉化，正是仰赖此人之力。不少蒙古将领（中使别迭等）向成吉思汗建议说，征伐一地就悉空其人以为牧地。让大江南北遍长牧草，好叫骏马奔驰牛羊撒欢。正是耶律楚材的力谏，才让这一建议没有推行。否则，汉文化将终止于那马背民族对辽阔草原无限热爱的执念之下。当我们后来读到这段记载时，背心阵阵发凉。"让大江南北遍为牧场"，这景象不是不可能出现的。就草原民族的天然爱好和狂飙性格来说，中原的空旷平坦、江南的卑湿闷热，对他们来说不堪忍受；而对于汉人之繁文缛节、小心谦和、鱼米麻桑、精雕细琢、莺莺燕燕的生活和日常，他们更是不耐其烦。他们喜爱的是奔放和自由、简单和率直，是天苍苍野茫茫的辽阔。因此，将所征伐之地变成牧场，那是多么可爱而又自然而然的想法呀！

　　建议"悉空其人以为牧场"的人并非有多恶毒。我不能不说，这反映的是不同的自然生态给人心投下的特别认知，是特定自然生态浸润后的心理和气质的体现。自然生态最终将影响人心从而反映到社会生态上来。"悉空其人以为牧地"终究在后来的忽必烈的统治下给否定了。剽悍粗豪的北方民族虽然日日想着恋着大草原，但他们顶着胜利者的光环，在大都里（北京城）养尊处优，或暂回草原去来一场畅快至极的呼鹰逐兔。看吧——

　　　　历史已经远去

　　　　只有石板上那所谓的"九口锅"

　　　　还有抗日时期的题刻

　　　　当然在各种文字里

　　　　还有故事与传说

　　　　现如今古树浓荫

　　　　登临所见无非是江流浩浩人物和平

　　　　你有你的大草原

　　　　我有我的小桑田

　　　　真该是各美其美相互欣赏呀

　　　　哦，摧毁的固然有城池和肉身

　　　　但江山依旧是江山

所谓的霸业，不过是

一场场破坏生生之态的游戏

　　刚刚见过了桑园中穿红着绿的现代罗敷，她们言笑晏晏的流盼之美让人难忘，但站在钓鱼城之巅的钓鱼台边，我依然想咏叹一下。那由自然生态所塑造的人心和文化基因，将会多么深刻地影响到我们的取舍与前行的方向呀。

　　（2022 年 12 月 7 日于半山书屋）

柚香飘绿野

刘裕国

二

初见张雪梅，是在 2022 年金秋时节。她站在山岗上，身后一大片的柚子树，每一棵都挂满了沉甸甸的果实，看上去金灿灿的。微风拂绿野，阳光很暖和。郁郁葱葱的柚树阵容，如浪起伏，沿着弯弯山路一溜远去。张雪梅夫妇发展柚子产业，闻名十里八乡，她的故事，全都绽放在那灿烂的笑容里。

40 岁出头的张雪梅，家住四川省广安市广安区龙安乡群策村一组，她个儿不高，头发乌黑，穿着入时，一笑起来，眼睛里闪着亮光，走路时身姿充满活力。

张雪梅与柚子结缘是 20 多年前的事。2000 年，张雪梅刚 20 岁出头，和唐华结婚。进了唐家，让她感到意外和惊喜的是后山的那片柚树林。牵着唐华的手，两人兴高采烈地在柚子林转悠。这片柚子林是祖上传下来的，清末时期，唐华的爷爷从福建武夷山带回来几棵柚子苗，百余年不断培育发展，长成了这苍茂柚林，现在由唐华的父亲唐延文细心照料着。唐华说："小时候，做梦都在吃柚子，只可惜啊……"唐华叹了口气，"明年我们就要到广东打工了，要告别家里的柚子林。"张雪梅笑了："过几年我们就回来，爸年龄也大了，咱俩当好接班人！"唐华脸上露出开心的笑容，脱口而出："一言为定！"

光阴荏苒，10 年过去。2011 年春节，张雪梅和丈夫从广东打工回来。带着浓浓的年味，夫妻二人跟着年近七旬的父亲穿行在柚子林里。父亲说："咱们唐家自从你爷爷种柚子开始，那真是隔着门缝吹喇叭——名声在外，吃了咱家的柚子，没有不说好的。这份家业，你们可得好好传下去。"

从那时起，张雪梅和丈夫就把心拴在了家里那片惹人喜爱的柚子林上。

夫妻二人从父辈手里接过来的，不只是一片果林，还有老一辈人良好的种植理念和技能。

施肥是柚子种植最关键的环节，不仅涉及柚子的口感，还关系到柚子的品质。用农家肥，不用化肥。唐华打小时候起，就跟随爷爷和父亲挑着农家肥下地，一双小手，忙个不停。

北纬 30° 的温和气候，矿物质丰富的肥沃土壤及新鲜的空气，赋予了广安龙安柚得天独厚的生态环境。广安市政府践行"绿水青山就是金山银山"的理念，走环境友好、生态绿色的发展路子。2013 年，绿色发展的理念如缕缕新风，吹拂广安大地，吹进万千农户的心田。

张雪梅和丈夫在乡里参加了为期一周的果树种植培训班，听区乡农技专家和高校教授授课。一个新名词让夫妻二人激动不已，这就是"有机肥"。幼龄树下种油菜，收获的油菜籽，既可榨油增加收入，菜籽渣做成的菜籽饼（油枯），还是上乘的柚子种植肥料，一举两得。夫妻二人听在耳里，记在心中，回家冲着"有机肥"干起来。

按照农业专家的说法，在"二十四节气"中，过了秋季的第三个节气"白露"，川东丘陵地区就开始"变脸"，冷空气转守为攻，白天坡地里有阳光，天气还算暖和，但傍晚后气温很快下降，昼夜温差加大，这是播撒油菜籽的好时机。为了不误农时，张雪梅天不亮就起床做饭，夫妻二人吃完早饭，碗筷一扔，就赶到地里忙活。唐华挥锄挖窝，张雪梅弯腰播种，不一会儿，就见阳光从山头射出，洒下一道道金色的亮光，映照着夫妻二人手起手落、配合默契的身影……

阳春三月，油菜花整齐列队，在绿油油的柚树下迎风怒放，给柚子林增添了一道风景。张雪梅说，油菜花年年让她看得心醉。过了"五一"，油菜籽成熟了，她和丈夫又开始忙碌，起早贪黑收油菜籽。经过收割、晾晒、脱籽几个环节，油亮亮的油菜籽被送进早已准备好的小作坊。随着轰隆隆的马达声响，亮晶晶的菜籽油流出来，圆盘一样的油枯碾成形，浓郁的油香味弥漫整个房间。

油枯是油菜榨油后剩下的大约 60% 的残渣，专家说含粗蛋白质近 40%，氨基酸含量也比较丰富，氮磷钾含量都有。"油枯虽然是个好东西，但使用方法必须对头，不能直接用到地里"，张雪梅亮闪着大眼，讲得头头是道，"如果直接将油枯施到地里，没有微生物分解转化，不仅不能被果树很好地吸收利用，几乎白白浪费，还会造成二次发酵烧根烧苗。"

张雪梅打心眼里感谢区政府派来的农业专家。他们走进村，挨家挨户送技术上门，手把手教，心贴心帮，让张雪梅很快学会了油枯发酵的方法。第一步，把生物菌肥发酵剂和油枯混合，保证混合均匀。第二步，调节水分，将水分控制在 50% 左右。心灵手巧的张雪梅解释说："抓一把握在手上不滴水，掉在地上能散开，就符合专家的要求了。"第三步，把混合好的有机肥堆起来发酵，10 天左右，就可以使用了。"用油枯种柚子，能提高肥效，改良土壤，柚子会变得更加甘甜爽口。"张雪梅家种柚子每年使用的油枯上千斤，自制的油枯不够用，还要到市场购买一部分。

川渝作家环保行采风团一行人，跟着张雪梅走进她家果园，一边转悠，一边听她讲解，大家无不佩服这位农家女，外表普普通通，满脑子的绿色种植的新道道。

有作家问："用了油枯，农家肥还用得上吗？"

张雪梅回答："用得上，不过，老办法不行了，必须发酵，地里不能直接施用猪粪、鸡粪之类的农家肥。"以前，农户大都在田边地角建一个小池子，囤积人畜粪便，需要时直接浇地，这不符合政府提倡的环境友好的要求。这些年，她家新建了发酵池，把地里的杂草、腐烂的谷物、胡豆以及米糠等，与农家肥掺杂在一起，放进池子进行发酵，然后再使用，既无臭味，又提高肥力。

这些年来，张雪梅夫妇绿色种植的意识越来越强，脑子里环保的弦绷得紧紧的。过去，柚子树修剪的枝丫，被直接埋在地里，用作肥料。如今，他们改了，宁可多花成本投入有机肥，也不沿用埋枝丫的老办法。原来，唐华在网上看到一条农业科技信息，知道秋冬季剪下的树枝普遍带有病虫害，如果埋在地里，第二年又会长出来，病虫害会加大繁殖，果树就得加倍喷洒农药，污染环境和土壤。唐华恍然大悟，果断弃用了沿用多年的在地里埋柚子树枝丫的老办法。

唐华对土地的环保要求近乎苛刻。有一次，他听说市场上有的饲料不合格，鸡、猪吃了以后粪便含重金属，如果用在地里，不仅污染土壤，还会影响柚果品质。他和妻子一合计，坚决不收购喂饲料的牲畜粪便做发酵肥。邻里有人取笑："唐华，你两口子想多了！"唐华却回答很干脆："让不符合绿色发展的东西通通靠边站！"

站在一排柚子树下，张雪梅介绍说："如果遇上高温高湿，持续降雨，或者果树老龄化，柚子很容易感染果疫病，柚子疫病主要发生在果实上，治理必须讲科学，不能随便用农药。"

张雪梅和丈夫多次参加区农业部门、四川省农科院、重庆农科所举办的各类科技培训，多次邀请农业科技专家现场指导，他俩的手机里都加了专家、教授的微信，遇到难题及时沟通处理。2022年10月，柚子树上发现一种从未见过的病虫，不知怎么处理，唐华当场在地里拍视频和图片，通过微信发给省农科院专家田承权。在专家指导下，运用无公害的新技术，使新病虫很快得到科学治理。

为了从根本上解决高温高湿给果园造成病虫害的问题，他们夫妇二人虚心向中国农业科学院柑橘研究所的专家淳长品请教，将得来的"真经"逐一落实。开排水沟，改良果园生态条件，夏季进行地面覆盖，冬季进行树干刷白；避免不合理间作，密植园及时间伐与疏剪；在病部位采取浅刮深刻的方法，即将病部的粗皮刮去，再纵切裂口数条，深达木质部，然后涂以50%的多菌灵可湿性粉剂。不再像过去，一见病虫，就大量喷洒农药，造成环境和土地污染。

近年来，在政府主导、龙头企业的带动下，张雪梅夫妇的龙安柚种植还全面实行黄板、捕食螨、太阳能灭虫灯、高空虫情测报灯等病虫害绿色防控技术，推行化肥、农药减量增效控害行动，使龙安柚产业绿色防控率达近 100%。

坚守绿色发展意识，张雪梅夫妇得到丰厚的回报。我走进龙安乡群策村，一块绿底红字的店铺招牌映入眼帘，"柚香柚甜直营店——群策龙安柚专业合作社电商 e 站"一行大字十分醒目，墙壁上由绿色线条构成的现代生态图——《健康的滋味》生动别致，令人顿足。这就是张雪梅夫妇经营的龙安柚销售点。"每年有 6 万多斤龙安柚从这里销往成都、重庆、北京、广州、深圳等十多个城市及海外地区，年收入有几十万元……"张雪梅面带喜色，充满自信地说道。

在广安区龙安乡，发展龙安柚是一条宽广的致富门路，参与的农户过半数。当地干部介绍，龙安柚之所以蜚声海内外，除了它有上百年的历史和独特的地理优势之外，关键是种植户齐心协力，家家户户都像张雪梅夫妇一样，树立生态文明理念，凝聚绿色发展共识。

同时，大面积的优质水果生产，需要良好的大环境，需要清洁水、有机肥和新鲜空气的滋养。党的十八大以来，广安市持续发力，实施精准治污、科学治污、依法治污，全域环境突出问题得到有效整治，环境风险得到有效遏制，生态环境质量得到有效改善，近三年连续达到国家环境空气质量二级标准，人民群众的蓝天幸福指数显著增强。全市 10 个国省考核断面优良率达 90%，实现了"一江春水向东流"。更值得称道的是，广安全市无重度污染耕地，轻中度污染耕地仅占全市耕地面积的 0.53%，污染地块安全利用率为 100%。

好环境孕育出了好产品。龙安柚 1995 年获得第二届中国农业博览会金奖；2008 年获得国家地理标志保护产品称号；2019 年广安龙安柚被评为四川省优秀农产品区域公用品牌，龙安柚现代农业园区被评为四川省五星级现代农业园区，同年，广安区成功创建中国特色农产品（龙安柚）优势区；2021 年，国家知识产权局正式批准成立"龙安柚国家地理标志产品保护示范区"，成为国家知识产权局批准成立的首批国家地理标志产品示范区。广安柚树势中等，果皮黄橙色，汁胞粉红色，肉质脆嫩甘甜，很受消费者喜爱。作为富民强区的支柱产业，广安区目前已在 10 余个乡镇种植龙安柚 26 万多亩，建成广安柚现代产业基地 8 个，全区年产龙安柚近 30 万吨，产值近 15 亿元。

用坚守换来甘甜。回想起回乡种龙安柚的经历，张雪梅兴奋不已，她很自豪，13 年的坚守，绿色生态的路子走对了。如今，她家的柚子树已接近 400 株，与村里其他人家的柚树连成了一大片。初春走进柚子园，放眼一望，漫山遍野放绿，满目青翠绿透心。张雪梅坚信："绿水青山就是金山银山"！如今赶上好时代，她浑身有使不完的劲。今年立春刚过，张雪梅就在地里忙开了，修剪枝丫，施撒有机肥料。地里的活，她抢着干，她知道唐华是个大忙人，唐华如今已是村龙安柚合作社的法人，领着全村 60 多户人一起干，共同铺就致富路。"让龙安柚把村里闹得红红火火！"这是张雪梅、唐华夫妻二人的真心期待和不懈奋斗。

吴佳骏

向世界的郊区撤退

——从广安到武胜

三

已经到了黄昏时分，夕阳正在离开世界，试图回到永恒之地去，但它不擅长告别，收拢了光线，却收不拢光线捕捉到的一切。再过些时日，秋天就该结束了，就该收拾起满地的落叶、蝉蜕和枯草，回到季节的故乡去，待上几个月，把时间让给冬天，让给雪花和火把，让给那些在寒夜里赶路的人。我不想惊动什么，沉默是我行走的通行证。在这个陌生的城市，我没有一个朋友，也没有一个敌人。我把自己交出来，像一个云游的僧人。云过，我向云行礼；风过，我向风躬身。我两手空空，不挂竹杖，不托瓦钵，既不乞食，也不布施。假如有一棵树，或一块石头，愿意与我一起打坐，我会心生欢喜，满含热泪地看落日缓缓西沉，看开过花的枝丫上栖满归巢的倦鸟。

　　我站在蛇龙山上，看到已逝的光阴慢慢踱着步，在回家探亲。那些长满疙疤的树，爬满青苔的石头，落满黄叶的小径，都是它的亲人，但光阴也有失忆的时候，它在那棵树前站了半天，也没有认出树的年轮。还有那些石头，光阴也不记得了，它只记得石头压住的历史。唯独那条小径，它似乎还没有彻底遗忘，因为那些曾经从小径上走过的人，常常使光阴含泪。我不想打扰光阴，尽管我也是光阴的亲人。我的记性不好，怕见了它会叫不出名字，只叫得出被光阴改变的事物。可那些事物往往令我不安，故我变得越来越沉默，仿佛脱离了尘世。我一直在想，假如有一天，我也像光阴一样回家探亲，见到我的亲人后，会不会同样失忆，将人间的悲欢离合认作花好月圆。

　　到达浔栖江南的那个早晨，薄雾紧锁大江。我望向雾，像望向一床棉被。那掩藏在棉被下的梦，正发出江水的鼾声。我伫立江畔，似一位访客，在等待渡江的船只。冷风阵阵吹来，仿佛一桩桩陈年旧事，落在草尖上西摇东晃。身旁的那片浅草地，安放着两张空椅子。昨夜在上面坐过或躺过的人，早已在天亮之前离去。只留下一地落寞的心事，让青草绿得胆战心惊。我走入草地，想低头擦擦草叶上的露水，不想被一条狗挡住了去路，它孤单地看着我，像看着陌生的自己。我只好转身，再次朝向江面。远处，几只白鹭在飞，忧心忡忡的样子。不知道它们将要飞向哪里？它们的飞翔，让我想起多年前的一次自我放逐。大雪封山后，所有的道路都阻断了，我只好待在原地，等翌日太阳升起，再风雨兼程。

猛山到处都是养蚕人，只有我是观蚕者。自从那一年，我从故土的桑树上摘下一包桑葚，自己就告别了农耕。蚕从此吐出的丝线，再也没有结茧，只缠成记忆和思念的结，将我牢牢裹住。如今在这里再次见到蚕，我有点惴惴不安，仿佛曾经那片消失的田野，又复活在了我的眼前。我感觉自己重新成了一个养蚕的孩子，背着背筐，在晚霞下采摘桑叶。只要将蚕喂饱了，我也就饱了。也就是说，我喂养过的那些蚕，都对我有救命之恩。但在猛山，养蚕早已成为一种产业，它所带来的价值，已不只关涉一个孩子、一个家庭，而是一个地区的命运。可不知为什么，只要看到蚕，我的心还是会隐隐作痛，因为蚕在吐丝的时候，许多乡村女人的黑发也在变白。

在张家院子，我愿意坐下来，变成墙角的一朵小花，或池塘边的一缕斜阳。我还愿意将时间变短，把感受拉长。最好四周听不到一个人声，让天空静止，让大地寂寥，让自己成为自己的知音。早晨，我可以坐在竹林中掬露水洗脸；中午，我可以站在果林里摘柚子充饥；晚上，我可以躺在星月下枕臂入睡。既不需要猫，也不需要狗，更不需要飞鸟和萤火虫。倘若那些曾经爱我的人想继续爱我，就让他们静静地爱好了；倘若那些曾经恨我的人要继续恨我，就让他们悄悄地恨好了。反正我已不悲不喜，不爱不恨。我只想守住这块清净地，退出人群，留出我的余生。生命实在太短暂了，没必要患得患失，碌碌庸庸。从今往后，我不再寻找，只需放下，把错过的时光都挽回来，一个人安安静静地度过。

我走进一个院落。几根青石柱子立在院落中央，柱子旁侧的绳子上晾晒着色调单一的几件衣裳——老人、小孩和妇女的衣裳。衣裳的下面盛开着一朵一朵的绣球花。花朵呈淡蓝色，叶片翻卷，一律被阳光烫过。院中住着两户人家，左边一户，右边一户。右边那户人家的木门关闭着。左边那户人家虽然开着门，却并不见人。时间是静止的，光线是静止的。我靠在其中一根石柱上，我也是静止的。我已成为这个院落的一部分。我好想使这个院落里的一切都动起来，活起来。我围着几根柱子转来转去，可转了许多圈，发现自己依然是静止的。这时候，我才体悟到走入了一扇"沉默之门"。在这扇门里，除了静止，没有别的东西。谁要是走进去，谁就是永恒。

世界上不只有晚熟的人，还有晚熟的柑橘。我在晚熟的季节看到晚熟的这一切，内心充满了无限的欣喜。晚熟是一种后退，也是一种预言。成熟得太早的人和事物，也可能最先走向腐朽和没落，这是我在走进柑橘林后所获得的启示。那些橙黄色的柑橘，挂在枝丫上，好似一盏一盏小灯笼，在等待点灯人。秋风从远方捎来口信，拟将它们的甘甜和成熟带到冬季或春季去，送给那些追赶故乡的人。我在林中走了许久，从不成熟走向成熟。我的走动也是橙黄色的，像夕阳下异乡人嘴里发出的乡音。我摘下一个橘子，没有吃，偷偷地放入行囊。我需要带着一个晚熟的柑橘赶路，以便在途中遇见一个早熟的人时，好掏出这个晚熟的柑橘赠给他，互相微笑着道声好，再各奔各的行程。

到太极湖上去感受太极，我有时是阴，有时是阳。嘉陵江水流过的地方，黄昏醉了夕阳。假使有一条木船，那就更好了。让它载着我和我的吟唱，从东关沱到西关沱。速度一定要慢，慢得根本不用分针和秒针来计算时间。我不是桃花，不需要戏逐流水；我也不是游鱼，不需要向水问道。我只是太极上的一个圆点，四周都是未知数，是零，是无限，是永恒。如果船自己偏离了方向，靠不了岸，那也不要紧，我就在湖上安心地住下来，成为一只沙鸥或野鹤。直到沿岸的松林里，谁举起石锤擂响了石鼓，有一个人牵着历史的衣襟，从汉初古城遗址里走出来，向我招手，或飞鸽传信，我的木船才会系缆，上岸向世人讲述一个当代传说。

那天傍晚，我踱步到广场，看了一场水的表演。我不知道这些水来自地下还是天上，它们都穿着五颜六色的服装，在音乐的伴奏下，翩翩起舞。我站在远处，不敢靠近。我怕水落下来溅起的水花，会打湿我的思绪。从前在乡下，我倒是见过凝固的水，它们将自己变成冰块，死死裹住自身的干净和纯洁。待到来年开春，再化成水给路过的僧人洗脸，或给受伤的鸟雀洗眼睛。但这里的水不一样，它们是奔腾和喧噪的，性格里暗藏着火焰和炸药。只要将无数的水柱交织在一起，夜空就不再寂寞，暗夜就涌动活力，这是水的另一种价值。不是所有的水都一定要安静，要流深。水跟人一样，也有不同的面貌。有的水灭火，有的水点火；有的水供人饮用，有的水只为烘托气氛，这都很正常。水分清浊，人分善恶。水表演给人看，人表演给人看。

站在宝箴塞上，我有一种不安感，那些碉楼和瓦檐正在被秋风命名。每一个名字，都沾满了腥风血雨，闻之令人战栗。我不知道这里曾经发生过什么，从清朝宣统辛亥年秋起，就有匠人在此处凿石开山，叮叮当当的敲打声，摩擦着那个朝代的皮肤和神经。身逢乱世，每个人都是一位残兵败将，都需要自我开辟一个堡垒，把一张张不幸的面孔，雕刻成一帧帧寄不出去的明信片，替自己和时代存档。在宝箴塞上游走，我见到许多这样的档案。那些绘着花、鸟、龙、凤的图案，都在提供档案的线索。还有那八个天井，一百零八道门，以及正塞与尾塞之间修筑的戏楼，皆在告诉我岁月没有静好。一切祥和、一切歌唱，都不过是眼泪的报答，都不过是幸福的背影。

一面旧墙，覆满了新长的爬山虎。浓密的叶子翠绿一片，远远看去，仿佛墙体穿上了一件旗袍。我喜欢绿色的事物。在绿色面前，我的心是宁静的。我老是怀疑自己的体内住着一片绿色的草原。在有月光的夜晚，我的心就会跑出来，变成一只昆虫，在草原上蹦跳或飞舞。我是我的浪漫主义者。如今，站在这面被爬山虎覆盖的旧墙下，绿色再一次将我充满，那每一枚叶片都是我的肺叶。我也需要类似这些绿色的叶片来为自己的人生插上翅膀，以飞翔的方式，去抵达精神或灵魂的故乡。

沿着环江村漫步，我看见时间并未走远，它走到村外三里路的地方，又折了回来，给这个浸满风霜的古县城一个长久的拥抱。时间舍不得它所孕育的物证，倘若它走了，记忆就将失去依凭。那些老房子，那些古街道，那些青石板，那些绿化树……都将成为岁月的墓碑。我在一座老宅门前的青石台阶上坐下来，从石缝中长出的杂草紧挨着我。它们似乎想开口说话，又不知道说什么好。历经无数次枯荣，草已经忘记了兴衰的痛苦，变得安静了。也许，它们也并非要说什么，不过是想等待一个人，陪它们坐坐。而我恰好路过这里，又愿意坐下来，停留几分钟，看看人离去后，草是怎么活的，又是怎么祭祀历史的。只可惜，我不是草，我没有草的忠诚。我坐了不到十分钟，就起身离开了。我离开后，时间也离开了。杂草在秋风中使劲挥手，向我们告别。

我沿着流水走，却不知道流水流向哪里。我也不知道流水的脚步声，是否敲碎了河床的梦。我从上游走到下游，流水从白天流向黑夜。我走旱路，它走水路。流水拐弯的地方，都会借我的倒影来做标记；我歇气濯足的地方，也会借流水的浪花来做纪念。我静静地跟着流水走，流水也静静地跟着我走。有时我们像是在赛跑，看谁最先抵达终点，换取把汗和血流干的尊严；有时我们又像是在共同抵抗光阴，营造一段虚构的旅程来朝拜天地，但走着走着，流着流着，我们就变成了另外一个样子——流水变成了我的泪水，我变成了流水的骨头。

拜谒大佛寺

　　大佛寺位于潼南县城定明山北麓，此地环境幽深，古木苍翠，是块难得的佛地。我国第一大鎏金大佛"潼南金佛"便禅坐于此。甫一入寺，耳畔便传来阵阵梵音，给久居红尘的我辈，先来一次心灵的洗礼。环顾四周，但见三两僧人，在院落里漫步，步履间满是生趣和禅机。待走进殿内，才见迎面一尊金佛，盘坐崖壁，雄伟的姿态，淡定的容颜，真有看破红尘的脱俗和高深。佛像通高 18.43 米，为佛、道两家共同凿造，唐代凿头，宋代凿身，后又历经宋、明、清和民国四次装饰金身，保存完好。抬头仰视，佛光普照，真不愧有"金佛之冠"的美誉。

　　我的心一下子静了。

　　大佛寺，是潼南的一张文化册页。这张册页，记录着潼南深厚的佛教文化和历史人文。只要走近它，就仿佛穿越时空隧道，来到了隋朝，或者唐宋，感受宗教文化源远流长的独特魅力。时间使人世间的诸多事情都烟消云散了，唯独光辉灿烂的历史文明却历久弥新，为后人所景仰，这或许便是人类生生不息的奥秘之一吧。

　　我不禁为之陶醉和喟叹。

　　大佛殿左侧，有一四角攒尖覆楼两重的楼阁式古亭，上书"了翁亭"三字。据考证，此亭为南宋理学家魏了翁创修。无论是从建筑学的角度，还是从美学的角度看这座亭，都有一种静笃、古朴的气息。我走近仔细看了看，古亭青石垒砌的墙缝上，竟冒出几棵小草的嫩芽，这让古亭一下子多了几分生气和活力。这座亭子是属于人文的。我佩服魏了翁的眼光，他真会找地方。不过，这大概也符合他的性情吧——超然物外，笃守内心。这座亭，跟大佛殿很是契合，可谓相得益彰。

沿古亭继续向前走，见右侧峭岩上，赫然出现一个有着石阶的"寨门"，称为"七情台"，又名"七步弹琴"。足踏石阶朝上走，能清晰听到类似古编钟的琴声在洞中环绕、回荡。这条石阶凿于明代，较北京天坛回音壁早建百余年，为我国古代四大回音建筑之一。

我再一次感到震撼！

石梯一级一级向上延伸，我一步一步朝上攀登，每一个阶梯都是一段历史的缩写。阳光从树枝的缝隙间漏下，安静而美好。抬头望天，满目尽是白云苍狗。刹那间，我的生命中仿佛回荡着岁月的涛声，我果真听到了一种美妙的声音，从远古而来，在这个宁静的上午，分外清晰，但我听到的，并不是那种古编钟式的琴声，而是一种"禅音"，属于我的"禅音"。

从石阶上下来，视野所及，一座"七檐佛阁"赫然在目。该佛阁又名"大像阁"，始建于南宋。七檐尽为琉璃覆盖，是我国最早使用全琉璃顶的古建筑。再看殿内的塑像，尊尊佛陀皆慈眉善目，让人心生悲悯。记得西南联大教授刘文典有个说法：优秀的作家都是"观世音菩萨"。"观世音"即是观察尘世生活；"菩萨"即要有菩萨心肠。这话道出了写作的精髓，观大像阁，加深了我对这一精髓的理解。然而，对于那些不爱好写作的人来说，大像阁也无异于是一个"精神栖息地"和"灵魂净化所"吧。

沿大佛殿东岩石壁长廊慢走，能看见流水潺潺的涪江。溪滩上有几只白鹤，在戏水找食，一派悠闲自在。河岸边不远处，有一片油菜花，在微风的吹拂下，轻轻摆动，摇曳一遍金黄。远远看去，似一幅天然的素描，气韵生动，惟妙惟肖，透出静谧与祥和。

佛陀慈悲，生活在潼南的人民有福。

佛佑众生，不远千里来拜谒大佛的人有福。

嘉陵江是一棵『树』

一棵『树』

嘉陵江是

四

张生全

我的考察是从一幅地图开始的，这幅地图就是嘉陵江地图。

当我打开嘉陵江地图的时候，我一下惊讶了。嘉陵江不仅是一条江，它还是一棵树。渠江、涪江是它最大的枝干，它健壮的根系在重庆深入长江里，细枝密叶舒展在巴山蜀水间。

作为一棵树，嘉陵江和别的树有点不同，它是一棵躺卧的树。从长江出发，嘉陵江始终贴着地面往上长。它贴得很深，就像蚯蚓伸出尖尖的脑袋往上拱，一直拱进泥土深处，拱得浑身上下一股浓重的土腥味。这样的生长姿势，使得嘉陵江哪怕躺在喑哑的地图上，我也听得到它粗壮奔突的呼吸之声。

我不仅看出嘉陵江是一棵树，我还看出了它的四季。只不过，嘉陵江的四季不是时间概念，而是空间概念。从下游到上游，是它的春天和夏天；从上游到下游，则是它的秋天和冬天。

在重庆的时候，我看到它只是一颗种子，伸出一根水灵灵的嫩芽。到了合川，嘉陵江长出三瓣叶，两边是涪江、渠江，中间是嘉陵江。三瓣叶子齐头并进，各自往不同的方向挺进。随即枝条越分越多，越长越快，江水奔跑着，欢叫着，仿佛出笼的群鸟，扑棱棱的灰影闪过，群鸟的羽翼已密密地布满巴蜀的大半幅天空。群鸟栖落的时候，白花花的阳光从天空倾泻下来，杂花生树，群莺乱飞，巴蜀大地由此到了池满鱼丰的初夏。

不过，当我从嘉陵江的上游往下游看时，我看到的是一幅归家的图景。归家是秋天的主题词，也是大树的主题词。嘉陵江的上游水系，就是从这个主题词出发的。此时，我仿佛听到一声呼喊，那是一个低沉浑厚的喉音，来自长江母亲的腹腔。喊声抵近，如同一片水波扑面而来。喊声所到之处，在山坡上撒欢的水、在草木间腾跳的水、在溪谷里藏猫的水、在石板上躺卧的水，它们都一骨碌地翻起来，开始了一场欢快的长途奔跑。

江水的这一次长途奔跑，不但跑出了秋冬，也跑出了人生。

一开始，它们跑得又快又急，欢蹦乱跳。若是碰到礁石，就撒个野，弄一片浪花，喷出铺天的唾沫。后来，当它们跑到下游的时候，就像人生来到下半场，步子缓了，姿态低了，情绪平了。即便有声音，也藏在腹底，像一个还没吐出来就咽回去的叹息。

嘉陵江是一棵树，生活在嘉陵江流域的巴蜀人，是树上的虫蚁。他们在树上来来回回奔走忙碌，走了一辈子，或许都没能走出这棵树。他们似乎也不想走出这棵树，作为虫蚁，饿了吃树叶，渴了饮树汁，困了住树洞，这就够了。他们若是想远游，就弄一根丝线垂下来，任风吹着，吹往哪边是哪边。

也有一些巴蜀人不想做虫蚁，想做雀鸟。雀鸟比虫蚁去得远，一展翅，就到了广阔的天空，但任随这雀鸟飞得多高，清晨出，傍晚就回来了。有一根线拉着它们呢，这根线，就是嘉陵江在后面默默凝望它们的目光。雀鸟们在飞行中，不管遭遇怎样的狂风暴雨，它们都不会害怕，因为有那根视线，它们就有了根。有了根，它们就不会迷茫，顺着那根视线，它们就从容地返回来了。

看着嘉陵江这棵树，我想象着雀鸟们回家的场景。它们一收翅，就钻进繁枝密叶间，不见了踪影。就像雨水掉进湖心，雨水不见了踪影，但湖面留下了一圈微微的涟漪。藏在叶下的雀鸟们，它们粒粒清浅的鸣声，也正是湖面那一圈圈清浅的涟漪。

不过，把嘉陵江想象成一棵树，把巴蜀人想象成生活在树上的虫蚁雀鸟，其实是很奢侈的，因为必须把目光聚焦在农耕时代的嘉陵江，这样的想象才能顺利完成。

然而，农耕社会已经远去，作为现代人的我们，也回不去了。雀鸟们飞离大树后，沿着大树期盼的目光，它们能找到来时的路。那么，巴蜀人呢，他们的回程车票又在哪里？

嘉陵江是一棵"树" | 张生全

我合上地图，百度搜索那些描写嘉陵江的诗句。我认为，古诗里或许藏着回到农耕社会的路。

"嘉陵江色何所似，石黛碧玉相因依""巴童荡桨敧侧过，水鸡衔鱼来去飞"，石黛与碧玉，巴童与水鸡，就如同树上的两片树叶，参差摇摆，追逐拍击。这样的诗句，只有杜甫才写得出来，只有嘉陵江上的杜甫才写得出来，只有唐代嘉陵江上的杜甫才写得出来。

"每忆嘉陵江上路，插花藉草醉清明""恰似嘉陵江上路，冷云微雨湿黄昏"，来到嘉陵江，陆游笔下的文字立刻变得珠圆玉润。就像一粒粒露珠，在有一层透明胶质的树叶上滚来滚去，那一刻，陆游的生命变得光彩夺目，有了丰盈，还有忧伤。

嘉陵江是古人永远的故乡，不管来自哪里，到嘉陵江都有一种归家的感觉。就像南来北往的候鸟，总会把它们路途中的树，当成自己的家一样。哪怕是异乡人到了嘉陵江，也会把这里当成是他的故乡。洪咨夔是南宋时期的临安人，临安是南宋的行在，也是实质上的繁华京都。当他来到嘉陵江时，他的感觉是这样的："柳色黄黄草色微，一川新渌两红衣。老天也信还家好，淡日柔风送客归。"繁华的京都，似乎也不如偏僻的嘉陵江了，嘉陵江上的淡日柔风，正是送他归家的小艇轻舟。他对嘉陵江念念不忘，想起嘉陵江，就想起了自己的故乡。"东风吹老地棠花，燕子归来认得家。茅屋石田浑好在，白头何苦尚天涯。"燕子归来寻旧垒，诗人情魂落嘉陵江。

唐代诗人刘沧，白发苍苍时才考中进士。可以想见，在那些屡试不中的苦读岁月里，他的内心多么凄惶。然而，有嘉陵江，情绪就完全不一样了，"独泛扁舟映绿杨，嘉陵江水色苍苍"，尽管依然只是一个人驾船，一个人面对生活的苦难，但绿杨依依，水色苍苍，嘉陵江宁静温柔的陪伴，红袖添香夜读书。"行看芳草故乡远，坐对落花春日长"，哪怕岁月已经进入落花时节，但坐对嘉陵江，刘沧依然感觉生机盎然，春日绵长。

当然了，古人也有讨厌嘉陵江的时候。"嘉陵路恶石和泥，行到长亭日已西"，唐朝诗人张蠙直指嘉陵江之"恶"，乱石和泥滩，让行船变得极为艰难，巴蜀人与它奋争一生，还没靠岸，岁月已黄昏。明代诗人王叔承对嘉陵江之恶忌惮不已，谈之色变，一听说朋友要去嘉陵江，立刻担心起来，"见说嘉陵江水恶，莫教风浪打郎船"。王安石对嘉陵江之恶，有更形象的描绘："天梯云栈蜀山岑，下视嘉陵水万寻"，他把公认难走的蜀道与嘉陵江并排放在一起，通过两个极端，造成空间上的极大反差，给读者带来强烈震撼。唐代宰相诗人武元衡的"路半嘉陵头已白，蜀门西上更青天"，则从时间上进行夸张表达。"行到长亭日已西"说的是一日，"路半嘉陵头已白"说的可是一生了。

嘉陵江之"恶"，古人不仅在诗词中有大量咏叹，在文献资料中也有详细记载。作为"非虚构"的文字记载，有时候比文学描写更让人触目惊心。

同治十二年（公元1873年），四川总督向朝廷奏称："川省本年夏雨连旬，江水泛溢，滨河田亩时报淹没……江北厅、合州、巴县、营山、石泉等处被水较重……潼川、绵州所属沿河土地亦被水冲。"《潼川府志》有同样的记载，乾隆四十七年（公元1782年），"盐亭县大雨，河水暴涨……公署民房俱淹没……三、射、遂、蓬皆然"。翻阅史料统计，明清时期，嘉陵江流域发生的特大水灾多达23次，大水灾多达42次，一般性水灾更是高达147次。

当我来到潼南涪江边一处步道时，发现步道旁边的石壁上有一块"历代洪水题记"。上面记载了近500年来，涪江9次特大洪水的最高水位线，洪峰最高的一次发生在乾隆四十七年（公元1782年），水位达到252.42米。

这块题记的上面，就是大佛寺。

大佛寺里有一尊高 18.43 米的佛像，被称为我国第一大室内金佛。这尊大佛的头，从唐代咸通元年（公元 860 年）开始修凿，经过 21 年，到广明元年（公元 880 年）完成。到了宋代，又对大佛身子进行了修凿。从北宋靖康元年（公元 1126 年）到南宋绍兴二十一年（公元 1151 年），整整凿了 26 年。算起来，整座大佛从开凿到完工，前后经历了 290 余年。这还不算，此后历代又对大佛进行了修饰、贴金等，这样的护理几乎一直持续到现在。

古人十分热衷在水边修凿佛像，尤其是巴蜀人，水边凿佛的热情更高。除了潼南的室内金佛外，最著名的还有乐山大佛。修凿这些大佛，源于巴蜀人一种朴素的思想，他们认为大佛可以镇住水患，保一方平安。修凿在岷江、大渡河、青衣江三江交汇处的乐山大佛有这样的目的，修凿在涪江边上的潼南大佛，也有这样的目的。

潼南大佛寺，除佛像外，还有玉皇大帝雕像。

玉皇大帝紧挨着佛像站立，这个细节实际上已经显露出了古代潼南人的慌张。当洪水到来时，他们找不到更好的治水办法，因此不但寄望于菩萨，也寄望于神仙。所谓"病急乱投医""逢庙就烧香"，古代潼南人在慌张的同时，更多的还有苦闷和绝望。

人类早期历史记忆，最深刻的就是洪水记忆。中原的大禹治水，巴蜀的鳖灵治水，都是惊心动魄的故事。治水的故事，不仅上升到了国家行动，也上升到了国家政治。大禹治水成功后，他取代了大舜，成为中原之主。鳖灵治水成功后，他同样取代了杜宇，成为巴蜀之主。

古代人口稀少，生产工具落后，尽管大禹和鳖灵都想到了很好的治水方法，获得了很大的成功，但水患真正被治理的原因，可能更多的来自运气。当雨季过去，洪水消退后，部族之人自然把治水的功劳记在治水者身上。因此治水者成为神一样的存在，获得部族的拥戴，成为部族的新领袖。

随着气候的变化，甚至于随着地球冰期的变化，洪水还会再次降临人间，但是大禹、鳖灵这样的英雄不可能反复出现，人们对于水患的治理，便更多地寄望于神灵。因而寺庙和道观，就像雨后春笋一样，一茬又一茬地出现在水患严重的江岸边了……

当我把嘉陵江想象成一棵树的时候，嘉陵江之"恶"与大树之"恶"，在树的概念上是同样契合的。巴蜀人对嘉陵江的讨厌，就如同虫蚁鸟雀对大树的讨厌。尽管大树能给虫蚁雀鸟提供清香的树洞、洁净的鸟巢，但同时也给它们带来灾难，带来伤心和绝望。

大风吹来时，树会随风起舞。它的舞姿开阔舒展，把树的生命张扬到极致，把树的姿容展现到极致，树因此有了足够的尊严。但是，就在树舒臂扭腰的瞬间，虫蚁掉下了，雀鸟惊飞了，虫蚁和雀鸟的尊严，有谁在乎？

也许在艺术家眼中，雨中大树极具艺术张力。画雨中大树，就是把一大碗墨泼在画布上，看那墨色从画布上淋漓而下，这种行为主义美学，极大地增强了画作的视觉冲击力。但对于生活在大树上的虫蚁雀鸟来说，感觉是完全不一样的。大雨瞬间就会把树洞灌满，把鸟巢浇透。虫蚁雀鸟感受到的不是艺术享受，而是透心的凉，彻骨的寒。

不过话说回来，大树之"恶"，只是风雨之恶；嘉陵江之"恶"，也只是水患之恶、难行之恶。这种所谓的"恶"是非常单纯的，和大树之"暖"与嘉陵江之"暖"是和谐统一的。大风大雨过后，大树会在阳光下站起来，抖一抖身子，它又变得蓬勃而清爽。那些浅浅的树洞，又会再次散发出洁净的清香；那些干爽的鸟巢，阳光在上面闪烁着金子般的光芒。

同样，生活在嘉陵江上的巴蜀人，风平浪静之后，他们又将"欸乃一声山水绿"，又将"独泛扁舟映绿杨"。他们和嘉陵江就如同欢喜冤家，相互依存，又针锋相对；相亲相爱，又仇视厌弃；须臾不离，又无时不厌。这一对矛盾体，依偎着、纠缠着，在农耕社会的嘉陵江上撕打、扑腾，尽管折戟沉沙、樯倾楫摧，却又从未分离。一叶扁舟，歪歪扭扭，磕磕碰碰，依然驶到了今天。

当嘉陵江进入工业社会后，巴蜀人和嘉陵江的关系，似乎需要重新定义了。

他们已不再是虫蚁雀鸟和大树的关系，已不再是欢喜冤家的关系。他们的关系如同在 CT 机下看到的一片"低密度暗影"，这片低密度暗影此刻还无法准确定义，可能只是炎症，也可能是肿瘤。可能是良性肿瘤，也可能是恶性肿瘤。良性的，或许割一刀就能解决问题；恶性的，后果将不堪设想。

我查了查近几年的嘉陵江被污染的资料，"2015 年锑污染""2016 年柴油污染""2017 年铊污染"……这些事件数不胜数，触目惊心。随意翻一翻，就如同从粪坑里抓一把蛆虫放在餐桌上，不忍直视。

不过，在工业化城市化进程统摄下，很多人并不在意这样的场景。就如同蛆虫经过洗涤油炸之后，会成为美味的下酒菜一样。就如同当我们身上出现肿瘤以后，我们依然不改变自己的饮食习惯一样。有了肿瘤，恶习就应该改掉，因为它们会刺激肿瘤的生长，良性的可能转为恶性，恶性的就会要人性命。但我们还是并不在意，因为需要应酬，需要在应酬中拉近关系，拉近关系可以让我们更有名更有利，让我们的生活过得更滋润，因此我们没办法忌口。

同样，因为我们需要发展，需要 GDP，需要赚钱，因此嘉陵江无可避免地出现"锑污染""柴油污染""铊污染"……我们大声疾呼杜绝污染，但就像我们大声疾呼戒烟忌酒一样，烟酒总不离口，而污染也总与我们如影随形。

我们需要重新厘清现代巴蜀人和嘉陵江的关系。

古代巴蜀人和嘉陵江是虫蚁雀鸟和大树的关系，但是这种关系已经解体，新的关系是什么？如何建立起来？是否依然能够继续相互依存？这是摆在当下巴蜀人眼前的一个艰难课题。

大禹没有找到彻底解决水患的办法，大禹之后的古人，也没有找到彻底解决水患的办法。更多的时候，他们需要寄希望于神灵，需要不断凿造佛像、神仙像，需要不断修建寺庙和道观。当神灵也救不了他们的时候，他们唯一能做的，就是熬，就是等待。

不过就算这样，他们也比我们幸运。他们面对的嘉陵江，是嘉陵江的青少年时期，有着强劲健康的躯体。嘉陵江也会生病，但只需简单治疗一下就好了。甚至并不治疗，只是熬一下，又恢复健康了。堤岸冲垮了，可以再筑起来；房屋冲毁了，可以再建起来；桥梁折断了，可以再架起来。浊浪可以回到清波，狂暴可以回到柔情，泥沙可以回到岸边，鱼虾可以回到江底。只要熬一熬，灾难就总是会过去的。

我对巴蜀人"熬"的办法是非常熟悉的。我出生在巴蜀一个偏僻的乡下，那里不是嘉陵江流域，是岷江流域，但两地的风土其实是差不多的。巴蜀人大都是湖广迁过来的移民，但我们那里因为偏僻，蔓延到那里的战火并不多，因此我们那里生活着的，更多的是巴蜀原住民，对古巴蜀人思维方式和行为方式保存得最完整。所以我知道，"熬"确实是古巴蜀人应对生活的最好的办法。当我父母生病了，发烧了，他们不会去抓药。实际上，在我们那个偏僻的乡下，也没有地方抓药。他们的办法就是去床上躺着，盖上厚厚的被子"捂汗"。只要把"汗"捂出来了，把体内的病毒逼出来，两三天后，他们就自动痊愈了。

然而，现代巴蜀人面对的难题却不一样，不是"捂汗"就能解决的。

现代巴蜀人和嘉陵江之间的关系，已经出现了"低密度暗影"，乃至于出现了"肿瘤"。在这种情况下，现代巴蜀人，通过"熬"的办法，是不可能让这种"暗影"甚至"肿瘤"消失的。嘉陵江有强大的自净能力，以前它可以通过自净，回到它自己，现在它的免疫力已经大幅下降，要想再通过自净，通过"在床上躺两三天"的办法，很难恢复健康了。

带着这样的忧思，我开启了一段特殊的行程。我从重庆开始，沿着嘉陵江逆流而上，对嘉陵江流域进行一段实地的考察。我像一条小虫，从地面沿着树干爬上树梢那样，我将把自己完全放进去，实地触摸现代巴蜀人，看看他们如何重新定义他们和嘉陵江之间的关系。

我爬到的第一站是合川。

合川是一座英雄的城市，也是一座顽强的城市。南宋末年，蒙古人驾驶着他们的楼船，顺着嘉陵江、渠江、沱江三江汇聚到合川。但就是合川一座小小的钓鱼城，居然抵挡了蒙古大军 36 年的进攻，蒙古人的楼船愣是没能从这里过去。直到南宋灭亡，蒙古人用和平谈判的方式，才让合川人让开了水道。钓鱼城的战士打死了蒙古大汗蒙哥，这不仅为南宋续命 20 年，也改变了世界历史的进程。蒙哥死后，攻打西亚、非洲和欧洲的蒙古大军停止了他们攻伐的脚步，西亚、非洲和欧洲的文明进程得以喘口气，战战兢兢继续往前延续。

嘉陵江作为一棵树，合川是这棵树最重要的分叉。尽管这里曾遭受过蒙古人的强力攻击，使得这个分叉形成了一颗凸起肿大的骨节，但也是这样一节坚硬强健的骨节，轻轻一敲，就能听到它发出的金属之声。这一骨节的存在，确保了嘉陵江往下到重庆的这一段树干，免遭蒙古军炮火的打击摧残。因此这一段树干长得特别饱满、粗壮而又圆润。

只是，这节骨节，能挡住蒙古大军的冲击，却无论如何挡不住洪水。

"大水入户，街道尽绝，南津街白塔荡漾在水波中。州人骑屋呼救，嚎啕声四起。"这段话是《合川县志》上的记载。虽然让人触目惊心，但作为三江汇合地的合川，这其实是比较正常的现象。从 1782 年到 2010 年两百多年的时间里，《合川县志》里记下的这种特大洪水，多达 29 次。

为何合川的骨节能挡住蒙古人的冲击，却挡不住洪水的冲击？

把嘉陵江想象成一棵大树，给予了我关于准确答案的提示。蒙古人在那时候相对于汉族来说是外族，就像白粉菌相对于大树来说是一种疾病一样。汉人会用他们强大的气概抵御外族的入侵，大树同样会依靠它们的自净能力战胜病虫害的威胁。

不过，洪水则不一样，洪水是嘉陵江激情澎湃的血液。这就如同大树筛管里的汁液太多的时候，汁液会从树皮里溢出来，在树的表面形成树瘤一样。当嘉陵江里的水流太大的时候，水流也会泛滥起来，成为给巴蜀人带来灾难的洪水。

为了避免汁液形成树瘤，就不能再砍削大树的树皮。树皮破损，筛管被砍断，汁液自然就会流出来。避免洪水泛滥，就要把堤坝筑牢。鲧采用筑牢堤坝的方式治理洪水失败，舜帝才杀掉他，让鲧的儿子禹接着治理。但是我们要明白，那个时代的生产工具落后，也没有钢筋混凝土，想筑出一处坚固的堤坝，非常不容易，所以鲧失败是正常的。不过，现在的筑坝技术已经非常高超，要筑一处堤坝挡住洪水并不复杂。所以在治理洪水问题上，鲧的方式其实是我们现在应该采用的最直接的方式。

虽然现在咱们可以用钢筋混凝土筑造出坚固的堤坝，可这种堤坝对于河流来说，却是一个异物，与河流的自然形态极不协调，甚至会破坏整个水生态环境。就如同为了保证一棵树往上长，给它支一个架子一样。这个架子不但破坏了树的美，还可能给树以及树周围的土壤造成伤害。所以既要筑防洪堤，又不能破坏河流的美感和生态，就是现代巴蜀人需要考虑的问题。

让我喜悦的是，我在合川城区涪江岸边，看到了合川人对这个问题的思考。

最初我以为自己只是来到了一个湿地公园。公园修整得很漂亮，景观高低错落，植物绿叶婆娑，合川人在公园里或坐或走，阳光大把大把洒在青碧的草叶上，又细细碎碎溅在洁净的步道上。江面波光粼粼，一碧万顷，与岸边的湿地公园相映成趣。

后来我看到湿地公园里有一尊大禹的雕塑，我这才明白，这里其实并非普通的湿地公园，湿地公园的下面，藏着一个防洪堤。同时，这里还不是简单地在钢筋混凝土上填土植树，搞个湿地公园而已，它是通过巧妙的设计，确保这里尽管有一个防洪堤，但是并不破坏江岸的美感，也不破坏江岸的生态。也正是因为有这样的巧妙设计，因此这个生态防洪堤获得了"大禹水利科学技术奖"。公园里的这尊大禹雕塑，就是这一奖项的证明。

这个防洪堤给予了我信心。涪江虽然是一条江，但它其实是有生命的。一条有生命的江，它是有情绪变化的。它可能斜风细雨，碧波荡漾；它也可能浊浪滔天，洪流遍野。面对它的脾气，我们不能简单粗暴，认为修筑一段钢筋混凝土的防洪堤坝就能解决问题。我们得了解它，和它找到共生的方式，并且想办法疏导它，用"润物细无声"的轻柔手法，让它的情绪变得平静而顺畅。

显然，合川的这一处防洪堤，就是一个有效的尝试。

当然了，光靠防洪堤，并不能彻底解决水患的问题。如果没有风调雨顺，洪水总会发生。有了洪水，它必然和江岸形成对抗。防洪堤再好，再隐蔽，毕竟是一处围栏。哪怕我们有能力修筑鲧不能修筑的那种堤坝，并且还能巧妙地把它藏在地下。但是我们永远不能小看大江的力量。这些年越来越可怕的水患事件，正在严肃地警示我们，只有风调雨顺，才是解决水患的最核心的办法。

要让合川的生态防洪堤继续保持体面，上游必须做到更生态。

我从合川沿着涪江上行，很快就到了潼南。

多年前我曾在涪江边走过，在我的印象中，涪江两岸的河床其实并不美妙，尤其是夏天洪水之后，江两岸的河床，要么裸露出伤痕累累的躯体，要么垃圾堆积如山。有生活垃圾，有工业垃圾，以及其他一些无法分类的垃圾。因为这些垃圾，涪江洁净的河床曾被反复进行"染色实验"和"文身实验"。在经过了一次又一次的"实验"以后，杜甫看到过的"花远重重树，云轻处处山"，于兴宗看到过的"山乱江回远，川清树欲秋"，范成大看到过的"浑浑郪水流未平，悄悄涪江如镜清"，不可能再被我们看见了。

宋代诗人鲜于侁在涪江边写过一首怀古诗："涪江风月为谁清，莫向涪翁问姓名。万古涪江流不尽，渔矶月似旧时明。"在他看来，尽管涪江江水万古长流，但涪江的风月始终不变。不过，当我那次走过涪江边时，我一度感慨，时代限制了鲜于侁的想象。生活在农耕时代的鲜于侁，看不见也无法想象工业时代涪江被污染被涂抹的模样。

这一次的涪江行，却又让我真真切切看到了变化。涪江两岸已经不再是原先的样子，从路上一直延伸到水面的江岸，都是潼南人种的有机蔬菜。一垄一畦，绿色被梳理得像小姑娘的发辫。此刻，这个小姑娘正在江边洗头，她的头发像流水一样顺着倾斜的江岸流进江里，并随着碧绿的江波起伏荡漾。

那一瞬间，我有一些恍惚。这样的景致，杜甫、范成大应该是看见过的吧。"万古涪江流不尽，渔矶月似旧时明"，鲜于侁的感慨，在这里成了现实。我吹过杜甫吹过的风，走过范成大走过的路，唯一不见的是杜甫、范成大的身影。面对郁郁葱葱倾泻而下的蔬菜，我仿佛站在了杜甫、范成大的身边，我的情绪在那一刻有了饱满的古典诗意。

这样的古典诗意，让我沉醉，但也让我忧伤。我怕我只是做了一个梦，梦醒之后，又将回到几十年前我走过涪江边的场景。更让我忧伤的是，我所说的梦，并不是睡着以后的梦境，而是现实的梦境。我所看到的江边的蔬菜是现实存在的，但它们似乎又是脆弱的，洪水以及各种垃圾是强力涂改液，轻而易举就能把它们涂改掉。那样的场景的再现，或许就是我梦醒的时候。

涪江两岸的乡村，已经建成了蔬菜基地。潼南太安镇的罐坝蔬菜基地，还被冠名为"中国西部菜都"。这个名字非常霸气，也很让人提气。但是潼南人应该知道，任何冠名都只是外部的一种溢美，并非其内部本质。就如同我们给一棵树打光。因为打光，这棵树变得流光溢彩，连那些有病的黄叶，都发出了金子般的光亮。但是那些病叶本质上是生病的，是需要抖掉的。潼南人如果想让涪江两岸的蔬菜永远生机勃勃，不被轻易擦掉涂改，他们需要做的事情还有很多。而且这不只是潼南人需要想办法，作为涪江流域，以及作为整个嘉陵江流域的所有巴蜀人，都需要想更多更好的办法。

我回到合川，重新沿着嘉陵江主干往上走。

没走多久，我就进了武胜。武胜人原先对嘉陵江有一个命名："千里嘉陵，武胜最长。"后来他们试图喊出另一个命名："千里嘉陵，武胜最美。"这个命名与潼南人喊出的"中国西部菜都"一样，多少有些"野心勃勃"，不过却也同时给了他们巨大的压力。毕竟名不副实，德不配位，是会被人诟病的。

沿着嘉陵江往上走，我选择了水路。

我沿江而上的路线，恰好和当年蒙古人行军的路线相反，这使得我的行程有了某种特殊意义。嘉陵江的江面非常开阔，蜀道自古难行，水路显然是更加便捷的通道。但这种便捷，也使得水路成为古代外部势力入侵巴蜀的一段快速通道。就如同大树兀立于地面之上，很容易招引雷电劈打一样，嘉陵江从古至今都不乏刀光剑影。当年蒙古人入侵时，巴蜀人就在嘉陵江两岸修建了苦竹隘、青居城、大获城、运山城、钓鱼城等数不清阻挡蒙古人前行的山城，这使得嘉陵江其实也是一个古战场。千里嘉陵，武胜最长，"武胜"这个名字，本身就充满了金戈铁马、烈火硝烟。

不过，当下这个社会，战争已经远离。武胜需要对它的名字进行重新诠释。武胜人不但要能够打赢外族入侵这一场战争，还要能打赢环境保护这场战争。到那时候，他们说"千里嘉陵，武胜最美"，才能让人心服口服。

我在沿江而上过程中确实看到了武胜人的努力。他们加强了企业污水排放的监测，加强了城乡污水的处理，加强了面源污染的治理，加强了采砂作业的整治。他们放弃了水产品带来的高额的经济利益，实施了"十年禁捕"；他们放弃了许多高利润高附加值但会对江水造成污染的企业，选择尽管利润不高但确保生态的林木和农业；他们放弃了金山银山，选择了绿水青山。他们始终让嘉陵江保持着Ⅱ类水质，让嘉陵江重现"嘉陵江色何所似，石黛碧玉相因依"这种农耕社会才有的美景。

背水一战，置之死地而后生，一支能够把自己逼入绝境的军队，是战无不胜的军队。一个用"最美"这样的命名把自己逼入绝境的地方，相信当地的人们也绝对不会打败仗。

嘉陵江是一棵树，嘉陵江这棵树可以称为"嘉树"。一棵树敢叫"嘉树"，不仅应该有修长挺拔的树枝，有青碧闪亮的树叶，还应该有清香的"树洞"和洁净的"鸟巢"，在武胜段嘉陵江的两岸，我就找到了数不清的这种清香的"树洞"和洁净的"鸟巢"。

在猛山乡，我看见了一个蚕桑现代农业园。

对于蚕桑我并不陌生，我小时候生活的那个偏远小山村，父母除了种庄稼，就是养蚕，养蚕成为他们经济收入的最重要的来源。

堂屋的两边，父母用竹竿搭了两排架子，上面铺上竹笆，这就成了蚕儿的家。父母收工回来，立刻就会背上背篼，去田边地坎摘桑叶。那时候田地金贵，需要用来种庄稼，因此桑树只能插空栽在田地的边角。

在我的记忆中，蚕儿虽然给我家带来了不少欢乐，但也带来了深刻的痛苦。

蚕儿在初期生长过程中，它们朝气蓬勃，能吃能睡，白白胖胖，两只眼睛像黑宝石，又水灵又可爱。但是当它们蜕完最后一次皮，将要休眠结茧的时候，它们却突然不吃不动，身体变软，起黄斑，流黄水，然后死掉。这种溃烂是传染性的，一只蚕儿生病，一笆蚕儿也跟着生病。黄水顺着竹竿往下流，流到地上，一层干了，另一层又淌过来。

父母其实并不知道，当蚕儿吃着桑叶，发出清脆沙沙声的时候，病毒也正在蚕儿的体内茁壮成长。只不过那时候病毒藏得很深，而且为了更长久地生存，它们隐忍了自己，与蚕儿和平共处。但是当蚕儿蜕掉最后一层皮，准备缩进一颗丝球里，变成一只茧的时候，病毒就坐不住了。因为变成茧的蚕儿，不可能再有浓稠的汁液。没有了浓稠的汁液，病毒就没了营养，就会饿死。所以，它们才会从蚕儿的体内奔涌而出，寻找新的宿主。

但是，父母不这么看。他们认为是蚕儿没良心。吃光所有桑叶后，蚕儿不吐丝不做茧而选择死亡，把所有鲜碧的桑叶全部变成一滩恶臭无用的黄水，世上还有如此没良心的吗？

然而，病毒带来的灾害，对于父母的蚕桑来说还不是致命的。致命的是，忽然之间，各地的纺织厂都逐渐解体停办了，随之而来的，是蚕茧卖不出去。想依靠蚕茧挣一点钱已经完全不可能了。

绝望的父母把那些枝繁叶茂的桑树全部砍掉，捆扎成柴禾，堆在柴房里，从此再也不提栽桑养蚕之事。在动刀之前，我看见父亲在桑树旁边坐了整整一个下午，直到他把口袋里所有烟丝，都变成了白灰。

正因为有这样一段惨痛的记忆，因此当我在武胜县猛山乡看到这片无边无际的桑园时，我着实大吃一惊。尽管我被桑园碧浪滔滔的气势震撼，却也有不少疑问：这么庞大的蚕桑园，能解决蚕宝宝吃光桑叶后死掉的问题吗？当全国各地的纺织厂，都因效益不行停产的时候，这么一大片蚕桑养殖园靠什么赚钱？

我走进了那个现代化程度非常高的蚕桑养殖工厂，参观了那些现代化的养殖流水线，以及做工精细华贵的锦缎产品，乃至于桑叶桑葚做的食品。我在感叹之余，一直萦绕在脑海中的疑问也被解开：越是环境保护做得好的蚕桑园，越能确保蚕儿健康成长，让它们最终变成洁白的蚕茧；越是质地纯净的蚕茧，越能够织出高品质的锦缎，在市场上才能获得更多人的青睐，产生更好的经济效益。之前各地的纺织厂之所以纷纷停产关门，并不是市场上不需要丝绸锦缎，而是粗放型的养蚕缫丝的做法，在市场上缺乏足够的竞争力，同时还带来越来越严重的面源污染等问题……

显然，对于嘉陵江这棵大树来说，猛山乡的这个蚕桑现代农业园，正是大树上一个清香的"树洞"。因为有这个清香的"树洞"，生活在嘉陵江畔的巴蜀人，因此能留在家乡，过上一种有尊严的生活。

这样的"树洞"很多，广安区龙安乡的龙安柚母本园就是其中一个。

这个母本园，原先其实只有几棵柚子树。准确地说，只有一棵柚子树——现被冠以"百年柚王"的树。后来它分蘖出好几棵，再后来，就成了一片果园，成了现在这个万亩以上的龙安柚产业基地。

由此可见，这里不仅是柚子的母本园，也是龙安乡经济的母本园，是嘉陵江绿色生态的母本园。

在嘉陵江这棵树上，龙安乡的柚子园是一个清香的"树洞"，猛山乡的桑园是一个清香的"树洞"，潼南的蔬菜基地也是一个清香的

"树洞"……

在写这篇文章的时候，我一直在思考我的用词。当我把嘉陵江看成一棵树的时候，嘉陵江流域的这些生态实验基地，我把它们比喻成树上清香的"树洞"、洁净的"鸟巢"。有时候我又会想，我可不可以不用"树洞"和"鸟巢"这样的比喻，而直接把它们比喻成"花朵"。把它们比喻成"花朵"的好处在于，"花朵"是树本身的一部分。也就是说，如果作这种比喻的话，这些生态基地将与嘉陵江融为一体，成为嘉陵江本身的一部分，而且还是嘉陵江最美丽的那部分。

最终我还是没用"花朵"这个比喻。

杂花生"嘉树"——姑且把这作为一个期盼吧。

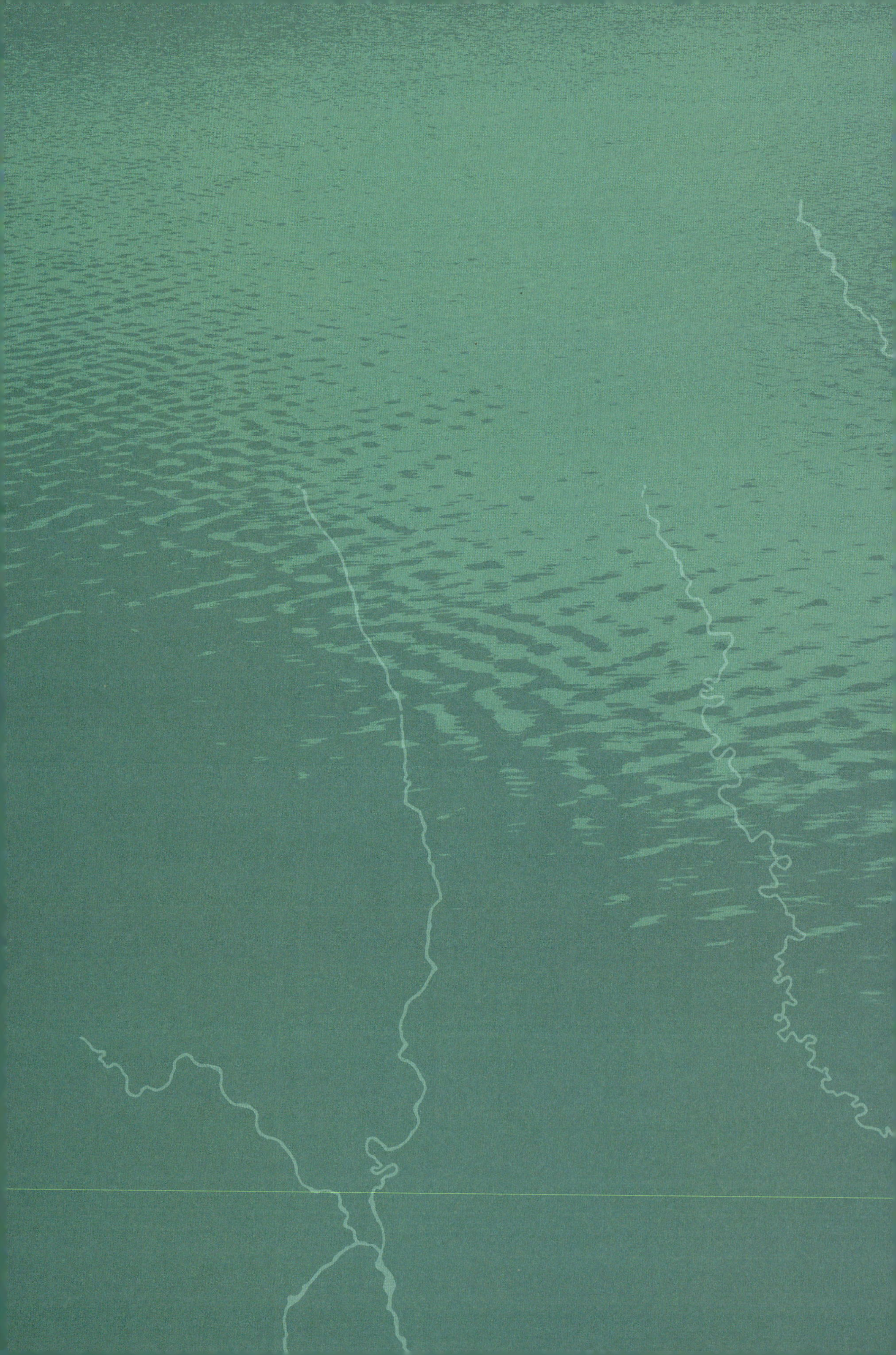

赵域舒

五

一次关于环保的田野调查

引　言

　　我生活在一座长江和嘉陵江交汇的城市，但在秋天的一个傍晚，我突然发现，我已太久没有亲近水了。

　　忙碌，让我没有时间去观察、书写和记录大江大河边人们的生活。

　　这个发现让我有些怅然，是啊，我已生活在钢筋水泥的丛林里太久了。

　　就在这个时候，我接到重庆文学院副院长张兵的电话，他在电话中邀请我参加采风活动，让我兴奋不已。

　　10 月 30 日，我们出发了。

　　在重庆文学院副院长张兵的带领下，重庆作家何炬学、文猛、吴佳骏、罗晓红、陈泰湧和我，清晨八点半从重庆两路口准时起程。

　　我们一行人奔赴的第一站，是邓小平故里——红色广安。

　　此次活动，是为贯彻落实党的二十大精神，进一步加强生态文明建设和生态环境保护的文学艺术宣传，助推成渝地区双城经济圈生态共建、环保共享，由四川省生态环境厅、四川省作协、重庆市生态环境局、重庆市作协主办，四川省小小说学会、重庆文学院承办。

　　其实，早在 2022 年 6 月 5 日的环境日主场活动中，中国作家协会副主席、四川省作协主席、四川省生态环境保护大使阿来，就启动了第二届"双城绿动话发展　川渝作家环保行"活动的按钮。

　　在参观完广安的邓小平纪念馆之后，10 月 30 日下午两点半，我们坐在了广安市生态环境局的会议室里，广安的启动仪式正式开始。

四川省生态环境厅二级巡视员王前程、重庆市生态环境局二级巡视员彭启学、四川省作协副主席伍立杨和重庆市作协副主席、重庆文学院副院长张兵分别作了动员讲话。这让我们这群重庆作家和在广安与我们会合的四川作家们，都对接下来的行程充满了期待。

　　10月30日至11月3日，我们和四川知名作家刘裕国、张生全、邱秋、骆驼、欧阳明、邹安音，深入四川省广安市广安区、武胜县，重庆市合川区、潼南区等地，开展了采风采访活动。我们每一个人都在用自己的眼睛、自己的心灵，发现着所经之地人们因为环境改善而越来越幸福的生活，并随时用自己的笔、用自己的音像设备，记录着自己在各地关于环保的所见所闻与所知所感。

第一章
大江大河旁的幸福生活

嘉陵江武胜段

我们此次采风中的重庆作家陈泰湧以"千里嘉陵，哪里最美？"为题，记录下了他关于此次环保行的感受。

千里嘉陵，哪里最美？

说实在的，这个问题要让我回答，还真的有点难。

说武胜的嘉陵江美，是因为嘉陵江武胜段岸边的滩涂地全是绿色，农民在以前的滩涂上大量而科学地种滩涂萝卜、白甘蔗、蔬菜，等赚了钱，不仅没有破坏沿岸风景，反而让沿岸更加绿意盎然，难怪我们乘船游武胜段嘉陵江时，渔政监督船的船长会对嘉陵江武胜段的禁渔护渔和生态环保成果显得那么自豪。

嘉陵江是长江水系中含沙量最大的河流，流经武胜县境内长达100多公里，如果不在嘉陵江的武胜段流域禁渔护渔和生态环保方面花大力气下真功夫的话，还真的很难让这条江做到如同我们现在所看到的那样：漫江碧透，鱼翔浅底。

武胜段嘉陵江的美，还在于那状如太极图的"太极湖"。

武胜大都系浅丘或深丘地带，河道经多次切割变迁，构成西关、礼安、黄石、华封、中心五大河曲，蜿蜒曲折，有"九曲回肠"之称。1995年，修建东西关电站，拦河筑坝，蓄水成湖，太极湖由此而成。

位于东西关的两个大河湾连环紧扣，背靠背，一湾流长22公里，为阳鱼；二湾流长18公里，为阴鱼。其状如太极图，故称"太极湖"。据说这里历史上交通主要靠水路，嘉陵江岸边居住的船夫早餐后在东关或西关起航上下20公里左右，晚上又回到弯曲的岸边，下船回家吃晚饭。

东西关水电站建成后，提河闸坝的水位上升至24.5米，形成湖泊。湖水碧蓝，山水相映；波光粼粼，天宽地阔。湖边有凤凰抱蛋、岩墓群、猴子石、西关寨、桃竹寺、汉王墓、书岩、龙泉洞、仙人洞、汉初县城遗址、唐窑遗址、狮子山、东关寨、石锤打石鼓等景观，与"沙燕闹春""十里松林""太极秀色"等自然风光融为一体，奇山异水，实为罕见。著名诗人梁上泉赋诗："天生太极东西关，一览三图互入环。天下奇观若如此，阴阳鱼跃碧波翻。"

"道者，天地人物之通理，即所谓太极也。"这太极湖，一定蕴藏着某种"道"。注视着它，我陡然一想，然后似乎明白了武胜段嘉陵江为什么这么美。

那么，这"道"是什么呢？

"人法地，地法天，天法道，道法自然"，我想这"道"就是"自然"，就是对自然的保护，就是对天地之间各种自然规律和社会规律的遵循。修建水电站，原本是为了满足人民生产生活的需要，是为了促进经济发展，但在这个过程中，却始终契合着人与自然关系的密码，契合着生态保护，这也许就是武胜段嘉陵江美的原因吧。

合川区众多的亲水公园

我之所以不敢断言"千里嘉陵，武胜最美"，是因为这次采风中所到的其他地方，同样遵循着这"道"，遵循着这天地之间人和自然间的和谐。

比如嘉陵江、渠江、涪江汇合处的合川，就提倡自然岸线以自然修复为主，恢复生态多样性。

曾经，我在控扼三江的钓鱼城，感叹那座南宋城池何以独钓中原36年，何以改变了欧亚格局又改变世界历史，究竟是怎样的骁勇坚韧，在这里令上帝折鞭？

这一次，当我经过金秋的合川赵家渡生态公园，我突然明白，那应该是一种精神。

于古，是守住自己家园的精神；于今，就是遵循自然的法则——生态环境保护的法则，让自己的家园更美的文明精神。

守住自己家园的精神，让公元1243年到1279年的南宋合州军民，在守将王坚、张珏的率领下，凭借钓鱼城天险，运用"以攻为守，主动出击""耕战结合，坚持抗战"的战略战术，历经大小战斗两百余次，抵御了当时世界上最强大的军事力量——蒙、元精锐之师，实现了"控制交通大动脉——嘉陵江""屏蔽蒙、元大军出川通道"的战略目标，创造了守城抗战36年这一古今中外战争史上罕见的奇迹。尤其是1259年，蒙哥汗（元宪宗）在御驾亲征钓鱼城之战中战死，导致了征战南宋鄂州的忽必烈和进军北非的旭烈兀大军的全面回撤，阻止了欧亚领地蒙古诸亲王枕戈待发，扫荡整个欧洲的扩张浪潮。由此，钓鱼城以改写世界中古史的英雄之城驰名中外。

遵循自然的法则，让自己家园更美，则是摒弃过去"滨江不见江、近水不亲水"的粗线条发展，坚持高标准规划、高水平建设"三江六岸"，以"三江流域"为重点，牢牢把握"共抓大保护、不搞大开发"这个重要基点，坚持生态优先、绿色发展，推动嘉陵江、渠江、涪江流域生态廊道共建共治。统筹协调好生态保护、经济发展、防汛抗洪、生活休闲等功能布局和山、水、路、岸、产、城等空间元素关系，打造生活岸线、生态岸线、景观岸线"三类最美岸线"，拓展城市架构、完善城市形态、增强城市功能，把三江六岸水岸线既作为防汛抗洪的重要防线，又作为生活、生态、景观功能的重要载体。

正因为如此，才有我们所看到的，嘉陵江、渠江、涪江汇合处的人们的幸福生活。

说到三江汇合处人们的幸福生活，就一定要说到令我感触很深的合川赵家渡水生态公园。

11月2日的上午，我们漫步走过铺满阳光的合川赵家渡水生态公园。看到的是沿江的步道上有牵着妈妈手的小女孩儿；洒满阳光的座椅上，坐着肩并肩窃窃私语的年轻情侣；自行车道上，少年像风一般骑行而过；中年人则边跟老母亲唠着家常，边拿出手机拍远处的桥、身旁的江水、江边的芦苇和对岸的房屋。

有人在垂钓，有人在露营。

大片大片的草坪，香樟、栾树、罗汉松、龙眼等还有很多我辨识不出种类名称的绿化树木和花样叶色丰富多彩的开花植物，将这滨江的水公园装扮得清新亮丽。

安逸，宁静，怡然自得，这金秋的清晨，正如这涪江上一直奔流着的江水。

我不禁在心中感叹：这才是生活，是合川人民的幸福生活。

赵家渡水生态公园坐落于合川城区涪江右岸，起于铜溪镇沙湾河出口，止于涪江三桥。全长2.3公里，占地面积320.7亩，总投资3.34亿元，将河道治理与水生态保护有机结合，集防洪排涝、生态修复、城市景观、休闲游览等多功能于一体，是全国首例生态防洪护岸工程，荣获中国水利优质工程"大禹奖"。

在公园的修建中，合川区水务局、重庆江城水务有限公司在保证工程质量的前提下，一改以往土墙砼壁、草稀路狭的堤型，以人水和谐、生态治理的创新理念，优化设计，改良工艺，采用"石笼护脚"，自然植被护坡等堤型，着重将小安溪流域打造成为合川区水生态城市示范河段：一是体现在施工工艺上，采用水利与市政园林相结合的方式，使植物覆盖整个护坡，极大地还原了湿地生态环境。堤防正常运行后，河岸将更加稳定，使游客得以赏心悦目，鱼、虾、水鸟也得以择喜而栖。二是体现在效果上。工程建成后，不但极大地提高该片区的防洪能力，还能有效地改善小安溪滨水区域的生态环境，提升小安溪流域的整体形象，促进了自然、经济、社会的和谐发展。同时，又为广大市民提供了一条生态、亲水的休闲健身步道。

这是让都市人的所有紧张、防范都放松下来的合川赵家渡水生态公园，而这类公园合川还有很多处。

合川因嘉陵江、渠江、涪江三江汇流而得名，境内水网密布，共有河流 251 条，水域面积达 96 平方公里，河流总流程 1793 公里，年过境地表水流量约 711 亿立方米，人均拥有水量是全国平均的 19 倍。

滨水岸线是稀缺的自然资源，"三江六岸"是合川重要生态廊道。合川推进三江六岸水系绿化、城市水生态公园、国家三江湿地公园等生态工程建设，建成了东津沱滨江公园、赵家渡水生态公园、花滩滨江市政公园、涪江滨江公园等 20 多个亲水休闲公园。

"十三五"时期以来，合川区深入贯彻落实习近平生态文明思想，积极践行"绿水青山就是金山银山"理念，持续强化上游意识、担起上游责任。他们以"打好碧水保卫战"为抓手，聚焦"三水共治"，狠抓工业污染、城乡生活污染、农村面源污染、船舶港口污染等防治，推进三江流域综合治理，强化饮用水水源地规范化管理，加大生态修复力度，建立健全川渝地区跨区域水环境保护及风险防范应急联动协作机制，守牢水环境安全底线，水环境质量改善成效明显。嘉陵江、渠江、涪江水质连续四年保持Ⅱ类，城市集中式饮用水水源地、"千吨万人"饮用水水源地、水功能区考核断面水质达标率实现"3个100%"。完成133.3公顷水系绿化，将河流水体及绿化缓冲带线6459公顷划为城市蓝线，确保蓝绿空间基底占比不低于70%。随着"三江六岸"治理成效的不断显现，水域生态环境持续改善，如今每年冬季大量红嘴鸥为了躲避北方的严寒，都会成群结队迁徙到气候适宜环境优美的合川过冬。

大佛寺湿地公园

不止合川，潼南也有这样让人身心瞬间静下来的亲水之地——大佛寺湿地公园。

芦苇随风摇曳，水鸟碧波戏水。步入大佛寺湿地公园，绿色清新的气息扑面而来，林木葱郁、鲜花盛放、蜂飞蝶舞、蝉鸣鸟啼，让人仿佛置身于山间丛林，自然之美，刹那间由外部世界沁入肺腑。

潼南的大佛寺湿地公园傍涪江而建，位于潼南老城区和大佛坝片区交汇处，南侧紧邻大佛寺AAAA级风景区，处潼南城市形象展示的核心区域，是高密度城市中难得的滨河滩涂绿洲。设计师以打造"与洪水相适应的滨江滩地——涪江湿地的回归"为设计目标，尽可能保留河道的滩涂湿地环境，压缩城市阳台的边界，架设步行廊道，增加市民的湿地体验空间。

大佛寺湿地公园环境、绿化用地面积约170268平方米，景观水体8330平方米。

"江舟花堤悠悠走，三千须弥漫漫寻"，和合川有着丰富的历史人文资源一样，潼南也有着历史悠久的航运文化和以大佛寺为基础的佛教文化。

大佛寺湿地公园在打造过程中，着力于挖掘这两种文化元素，因此，我们所看到的，并不仅仅是一个和别处一样的城市滨河湿地景观公园，而是一个极具本土文化特性的好景观。

公园利用一系列功能场地，供市民体验不一样的江景和园区景观。大佛寺湿地公园的前身为涪江河道滩涂，区委、区政府在做好生态保护和岸线修复的基础上，围绕打造休闲旅游的花园城市、现代宜居的滨江城市和绿色养生的田园城市总体目标，将原荒涂因地制宜建设成绿地公园。

大佛寺湿地公园在一个99公顷的人工湿地上，用一种类似荷花叶脉的肌理，控制全局，水泡湿地重复出现，配置各种乡土植被，而形成旷野本底，是高密度城市中难得的滨河滩涂绿洲。公园建成后，不仅为周边市民提供了良好的休闲娱乐场所，又改善了潼南区绿化面积少、布局不均衡的问题，还美化了城市西入口，提升了城市形象，收到了"一举三得"的效果。涪江潼南城区段水质常年保持在II类，获评2021年重庆市美丽河湖。

如今，大佛寺湿地公园是城市中心区域的主要滨水空间，同时也是潼南的城市名片。但其在设计过程中也曾面临诸多的挑战：如何打造独具地方特色又能满足城市活动功能的城市滨水景观。场地主要是涪江冲积出来的滩涂，多为砂卵砾石，渗水严重，场地外围是已修筑的20年一遇的防洪堤，设计师面临的问题是：如何构建与洪水相适应的景观？如何保护作为城市稀缺资源的中心区域湿地？同时作为城市未来发展的核心，如何通过场地景观设计来激活城市活力？

打造与洪水相适应的滨江滩地——涪江湿地的回归，主要通过以下四个方面的设计来实现。

一是与洪水为友的弹性设计：大部分场地处于5年一遇的洪水线以下，洪水来临易被淹没，所以在设计区域内，设计师要对自然尽可能少地干预，尽可能保持地理原貌，在此基础上设置人行步道系统，增加湿地的体验效果。而将主要活动空间及设施布置在不易淹没区域，在降低维护成本的同时，也不影响场地的市民参与性。

二是恢复滩涂的动植物生境：构建生态护坡，在江心岛恢复原来的枫杨和草丛植被，并且增加树岛，为鸟类提供栖息地。

三是打造活力的城市客厅：根据用地适应性及项目定位，划分不同功能区域——运动休闲区、城市阳台区、大佛寺湿地区等，设有涪江浴场、运动客厅、城市阳台、花梯漫步、江舟湿地、莲花净土、密境修行等多种活动空间，为市民游玩提供丰富的活动体验。

四是地方文化的深度挖掘：梳理当地的文化，提取与场地最相宜的两个文化，即大佛寺板块的佛教文化和金福岛对应的航运文化，通过场地及场地构筑的设计，立体地展示地方特色与精神。

这些设计理念，为潼南未来的城市风貌提供了样本。

浮溪河、猴溪河河道整治工程

欣赏完大佛寺湿地公园，我们川渝两地的作家们又参观了双江古镇浮溪河、猴溪河河道整治工程。

当我们在双江古镇，面对着这"水净、河畅、岸绿、景美"的浮溪河、猴溪河时，潼南当地从事环保工作的干部告诉我们，双江河道曾经污水渗漏、河道岸坡积淤、边坡滑坡阻塞河道。

潼南区开展实施重庆市特色城镇综合规划建设项目潼南区双江镇子项目（潼南双江古镇景区浮溪河、猴溪河综合整治工程），通过物理、生物及生态修复相结合的治理措施，重新构建了健康完善的水体生态系统，才在提高河水系自净能力、改善河道水体水质、加强岸坡稳定的同时，美化了双江的城镇环境，为居民打造出这般景美水绿的生态环境。

现已完成建设的主要内容有：河道清淤 4370 米，污水管网 5495 米，污水检查井 210 座，格宾镇脚 1309 米，护岸 1309 米，格构植草护坡 16000 平方米。绿化改造和新建约 30000 平方米，景观步道 728 米，堤顶道路 377 米，石栏杆 1105 米。整个工程几近完工。

如今，河道流水通畅，岸坡稳定美观，河道水质得到较大改善，河道两侧管道污水渗漏进河道内的现象已杜绝，河道内水生动植物品种多样，河道整治效果显著。

正是这些努力，让大江大河旁的人们拥有了亲水的幸福生活。

第二章
从蔬果基地到山乡巨变

幸福生活，不只是在洒满阳光的秋色中漫步，在绿茸茸的草地上嬉戏。

首要的是肠胃的饱、舌尖的甜和全身心从里到外的暖。

当我们穿行于广安市广安区龙安乡龙安柚母本园中时，在武胜县沿口镇的五一村晚熟柑橘基地，品尝到那甜甜的柑橘时，走过潼南区太安镇罐坝蔬菜基地眼见挂着晨露的各种蔬菜时，我们能感觉到，当地人民所拥有的，就是这种生活的甜。

这生活的甜，是一种属于新农村的甜，一种新时代美丽乡村的甜。

这种甜美与静谧、安逸，也在我们这次采风所走访的广安区大龙镇浔栖江南那一片具有江南水乡风味的亭台楼阁、小桥流水里；在武胜县猛山乡那实现了种桑、养蚕、收茧、缫丝、织绸、销售全产业链发展的蚕桑现代农业园区里；在武胜县那曾荣获"CCTV 中国十大最美乡村"提名奖，"中国最美休闲乡村"称号的中国竹丝画帘发源地武胜县卢山村里；在武胜县龙女湖滨江廊道中段那流光溢彩的水秀演艺广场里。

这一连串地名，几乎就是川渝新农村建设的缩影，是乡村振兴的写照，且让我为你细细道来。

龙安乡，它位于广安区西南部，是国家地理标志产品龙安柚的原产地，四川省乡村振兴先进乡镇。该乡充分发挥龙安柚产业优势，坚持"产村相融、农旅结合、全面发展"的思路，建基地、搞加工、创品牌，推进龙安柚产业"接二连三"融合发展。

龙安乡的母本园则是有百余年栽培史的龙安柚的发源地。园内至今还"供着"一株"百年柚王"树，全区发展的 20 多万亩龙安柚产业都是从这里开枝散叶，一棵树真正带动了一个产业发展。园内常年住户 17 户，常年在家 38 人，主要从事龙安柚的种植和售卖，部分农户养殖少量畜禽。每家都建有沼气池或化粪池，处理生活污水和畜禽粪便，生活垃圾集中收集，用于焚烧发电，基本做到垃圾无害化处理。

龙安柚是广安区地方特色水果，已有近百年的栽培历史，如今又是广安区的一大优势特色农产品，是当地的致富树。果实圆锥形或倒卵形，果顶凹陷、晕环较明显，果皮黄色，果皮油胞中粗，果实中大，平均单果重 2 斤以上。囊瓣易剥成形，果肉粉红，脆嫩化渣，汁多味浓，酸甜适度，微有苦、麻味。20 世纪 90 年代龙安柚曾连续 4 次获全国柚类专项评比金杯奖，1995 年获第二届全国农业博览会金奖。2003 年龙安柚通过了四川省农作物新品种审定，2008 年获准成为国家地理标志保护产品，2009 年荣获中国西部国际农产品交易会"深受群众喜爱展品"奖。

武胜县的晚熟柑橘基地，则位于该县沿口镇五一村和鸣钟镇龙鳌村，建设面积 5000 亩，总投资 3000 万元，预计投产后年产优质水果10000 余吨，总产值 3000 余万元，可解决当地村民 200 人左右长期就近就业，带动附近农户户均增收 5000 元以上。基地秉承"产村相融、三产互动"理念，推广"畜—沼—果"生态种养模式，有机、绿色及无公害产品种植面积占主要农产品种植面积的 62.8%。目前，已完成果园的建设和相关基础设施配套，陆续挂果投产。

罐坝蔬菜基地位于重庆市潼南区太安镇罐坝村，距离潼南城区大约10 公里，是一个涪江环绕的冲积平原。这里自诩中国西部菜都，是潼南有名的 12 个高标准万亩级蔬菜基地之一，以及国家现代农业示范区和核心区。村里有工厂化育苗中心、标准化蔬菜基地、环保养猪基地、标准化钓鱼竞技比赛场，还有具备休闲度假、旅游观光、采摘体验、文明传承、教育培训等功能的泰安农庄。罐坝蔬菜基地有国家现代农业示范区核心区万余平方米由玻璃建成的蔬菜博览园，配备可移动天窗、升降温系统和遮阳系统，由电子系统控制室内温度、湿度和光照。运用土培、水培、雾培、袋培、立式栽培等诸多与高科技牵手的栽培方式，孕育出各种奇蔬异果。

曾经，罐坝村交通不方便，房子老旧，院子很破败，年轻人都外出打工了，留下一个严重空心化的村庄。

如今，这里成为了重庆人民的"菜篮子"，真有可能成为中国西部菜都。家家户户修建了洋气的三层小别墅，还配备建设了学校、商店，加之交通、饮水、卫生、文化等公共服务和基础设施的不断完善，居住环境一点不比城市差，有些方面有过之而无不及。

"我有一座房子，面朝涪江，春暖花开"，这就是罐坝人的幸福生活。

而此次采风活动中，像罐坝一样美的，还有广安市广安区那独具江南风情的生态扶贫区域——大龙镇浔栖江南。

浔栖江南是广安市广安区与浙江省湖州市南浔区开展东西部扶贫协作引进的重点对口扶贫合作项目。该项目于 2019 年投资建设，致力于打造一片具有江南水乡风味的亭台楼阁、小桥流水区域，让粉墙黛瓦、青石板路出现在巴山蜀水、天府之国，在川东打造一个具有独特江南风情的生态扶贫区域。

该项目位于广安市大龙镇光明村，总占地面积 50 余亩，投资 2000 万元，主要从三个方面做好乡村生态旅游。一是保护性开发，守住绿水青山。政府、企业与村民全员达成保护生态环境的共识——"不搞破坏性开发，取景自然"，还定下了四个原则，即不移山、少砍伐、不填塘、不倒房，完成河滩荒地改造成草坪 22.5 亩。三年来，还持续种植果树林木 500 多棵，将荒地绿化，将岸线美化，总体建设随坡而就，不造成破坏。二是依势造景，融入自然。在度假区的景观步道顺应山坡走势，在山顶打造网红民宿，在绿林中镶嵌星空泡泡屋，既不破坏原生自然条件，又让人文景观置身其中，成为生态环境的一部分。三是特色旅游产品，助力乡村振兴。度假区结合大龙镇乡村振兴建设，为美好生活奏响奋斗的乐章。曾经只能在家里干家务、做农活、拖地洗碗的手艺，如今却成为增收致富的看家本领，在这里务工的每一个"能人巧匠"，都在抓住东西部扶贫协作、农旅融合产业扶贫的大好机遇，努力改变着自家的生活。在这里上班，挣钱顾家两不误，周边很多村民都在这里找到了奋斗的目标，获得感、幸福感倍增。

像这样走出经济发展和生态环境保护互融共生路子的，还有武胜县猛山乡蚕桑现代农业园区。该园区位于武胜县猛山乡，主导产业为蚕桑产业。园区立足生态制度、生态空间、生态环境、生态经济、生态生活、生态文化六大领域，精准施治，创新作为，在推进污染治理、改善人居环境、发展绿色经济等方面取得显著成效，走出了一条经济发展和生态环境保护互融共生、互促共进的生态文明建设新路子。按照"政府主导、企业引领、农民主体"的建设思路和"大园区、小业主，集中连片、适度规模"的发展模式，能够实现种桑、养蚕、收茧、缫丝、织绸、销售全产业链发展。2020 年 3 月，园区被省人民政府命名为四川省四星级现代农业园区，生态品位和影响力不断提升。

说到影响力，武胜县的卢山村还不得不提。卢山村系中国竹丝画帘发源地，2013 年荣获 CCTV "中国十大最美乡村"提名奖，2014 年评为"中国最美休闲乡村"。这些年来，卢山村突出竹丝画帘文化特色和大田景观，改建农民新村，配套滨水广场、篮球场、污水处理等公共设施，修建了村内垃圾处理站，对农户厕所应改尽改，对垃圾进行分类管理，垃圾日产日清不落地，在全县率先实现了垃圾处理全覆盖。中国文联、中国电影家协会曾到村进行慰问演出，中国新丝路模特大赛总决赛、中央电视台心连心艺术团的大型活动也曾在此举办，2019年3月四川省农村人居环境治理现场会就在卢山村召开。

当我向你讲述完这一切，你是否也看到了一幅川渝农村新人居环境的全景画卷？

第三章
清除垃圾的功臣——污水处理站

我们都有这样的体验：一餐家宴越是美味，留下来要洗的充满油污的碗盘就越多，要清理的垃圾就越让人头疼。

越是精致的生活，产生的垃圾就越多。

难道真如张爱玲所说，"生命是一袭华美的袍，爬满了蚤子"？

不，这次采风告诉我，只有垃圾处理不彻底、不及时、不科学的生活，才会像一袭背面爬满了蚤子的华美袍子。

而像广安市污水处理厂这样的项目，则是让生活这袭华美的袍子里里外外都温暖、簇新、洁净。

广安市污水处理厂是四川省首座下沉式城市污水处理厂。

当我们经过那一片金色阳光照耀着的草地，看着草地上安恬享受着生活的人们时，完全没想到，在这片草地的下面，是一个毫不打扰人们美好生活、正默默处理着污水的地下污水处理站。

这个地下污水处理站位于广安市广安区滨江东路，是广安市政府采用 PPP 模式，引入国家开发投资集团旗下的中国水环境集团投资、建设、运营的重点项目。该项目占地面积约 35 亩，2015 年 3 月正式开工建设，2016 年 8 月建成并投入运行，日处理设计规模为 5 万吨，可研总投资2.3 亿元，主要处理广安市主城区的生活污水，服务人口约 29 万人。该项目采用的是改良型多级 AO 工艺和第五代下沉式处理技术，设计出水水质指标达到《城镇污水处理厂污染物排放标准》（GB 18918—2002）一级

A 标准。

该项目的生产区域全部在地下，地面建成市民休闲公园。由于采用了先进的处理工艺和除臭技术，因而充分体现了土地节约、资源利用、环境友好的绿色经济环保理念，将传统污水处理厂所带来的"负资产"转变为了"正资产"，有效解决"邻避"问题，最大限度地发挥了生态环境效益和社会经济价值。项目先后被评为"广安市中小学环境教育社会实践基地"和"环保设施和城市污水垃圾处理设施向公众开放单位"，项目自建成运行以来，对改善水环境质量，促进广安市经济、社会、环境的可持续发展发挥了积极作用。

如果说，四川省广安市污水处理厂因为其运行于地下并服务人群多，而令人印象深刻，那重庆市合川区启动的农村 25 户以上重点聚集区生活污水处理设施建设，则是将环保措施深入到了农村的条条河流这一"毛细血管"。

是啊，如果把大江大河比喻为"主动脉"，那么农村的条条溪沟小河就好比是"毛细血管"。只有把"毛细血管"似的小溪小河都清理干净了，工作才算做实了，做细了，大江大河旁的幸福生活才可能长久持续。

为解决农村生活污水随意排放对三江水质的影响，近年来，合川区以河长制为抓手，从源头加强水污染治理，在全市率先启动了农村 25 户以上重点聚集区生活污水处理设施建设。

经过论证分析，100 人以下的农村集聚点的生活污水用于种植后排入环境的污水很少，基本可被环境消纳，而 100 人以上的农村集聚点排放的生活污水无法通过种植实现消纳，需要进行污水处理。经过现场踏勘，有关部门对合川区 30 个镇、街道的 25 户以上集聚区进行核实，突出沿江镇街、滨水区域、有污水排放等农村重点集聚区，最终确定实施 86 个点位。

该项目选择了"组合式复合生物滤池 + 高负荷活性生物滤床"工艺，

不仅克服了传统生物滤池易堵塞等缺点，还极大地提高了反应器的处理效率和稳定性。该工艺具有处理效果好、处理效率高、结构简洁、占地小、低能耗、操作管理简便、运行费用低等多方面优点，较为符合点多面广的农村地区生活污水的治理，有利于建成后的污水处理设施实现高效运行。目前，合川区25户以上聚集区污水处理项目第一批、第二批已完工，正式投入运营阶段，第三批项目正在有序推进中，按照计划，将建设100余座污水处理设施及配套管网，建成后服务近7万农村人口。

这种将工作做实做细的态度和方法，还体现在合川区对小安溪流域的整治上。

小安溪流经永川、大足、铜梁、合川，全长174公里，合川境内14.9公里，境内有支流9条。近年来，合川区扎实推进小安溪（合川段）水环境综合治理工作，将临渡国控考核断面水质由以往的IV类稳定在III类及以上的标准。

首先，开展污水乱排、岸线乱占、河道乱建"三乱"整治专项行动。其次，突出工业废水污染、畜禽水产养殖污染和农业面源污染进行重点整治。最后，推进雨污分流改造、老旧管网更新、污水管网建设，通过水岸同治、标本兼治综合治理来提升水环境。2017年以来，累计投入资金6000余万元，建成截污干管12公里、日处理能力500吨的污水处理设施一处、日处理能力2万吨的提升泵站一处，取缔搬迁畜禽养殖场13家，关停企业27家，取消排污口16处，达标整治77家，清淤清漂清废万余吨。

"双城绿动话发展　川渝作家环保行"采风行囊满满，我看到的太多太多，要说的太多太多，也许，我的笔，无法穷尽这短短几天我所目及的，以及感动我的、振奋我的……

那么，就让关于川渝环保行的记录一直在路上！

欧阳明

选择

按常理，污水处理厂选址一般都在城区之外，只要是污水处理厂，无论设备如何高端，工艺如何先进，都或多或少会散发出一股异味，尤其是夏天，味道更加难闻。去广安市广安区污水处理厂，也应该离市区很远。

我正这样想着，车没走过几条街，就在市区一处公园停了下来。

公园一面临江，另三面隔着宽阔的街道，就是密集的楼房。

刚下车，几个工作人员就带领我们走进了一条地下通道。

原来这里就是四川省第一座下沉式的污水处理厂。下沉式，就是把污水处理车间建在地下，如此建造的好处是能节约大量的土地。

我对此不以为然，下沉式也好，地面式也好，只要是污水处理厂，都难以解决空气污染的问题。特别是下沉式，厂房全在地下，封闭度很大，空气更不易扩散，里面气味肯定难闻，排到地面，同样污染空气。何况还是建在城区，虽然节约了土地，但难免会惹恼周边的住户。

可让我吃惊的是，通道内没有异味，到了地下污水处理区，还是没有异味。整个厂区不见污水。污水净化全在封闭的设备中进行，只有处理后的水，展示在开放的水池中。听介绍，才知道里面安装了气体处理的设备，污水发出的气体，经过设备处理后再通过管道排向地面。地下的设备运行，不需要人直接操作，全由地面控制室的工作人员通过屏幕操控。这彻底颠覆了我以前对污水处理厂的认知。

从地下通道出来，一眼便看到了公园的主体部分。里面绿树高低错落，有杉树、香樟、桂树、紫莉等，还有各种花，其中美人蕉纵情绽放着，红红的，如燃烧的火炬。红色和紫色的三角梅，在微风中微微颤动，像在相互说着悄悄话。不远处的凉亭边，一对小夫妻，正陪着孩子，追赶着飞舞的蝴蝶，其乐融融。此情此景，不知情的人，怎么会知道这下面，竟会是一座污水处理厂呢？

公园一面临江，处理厂的排水口，直对江面。处理过的污水，从洞口奔涌而出，哗哗哗不停响着，就像一群接一群从澡堂子出来的人一样，按捺不住洗去污垢后的惬意，欢笑着扑向下面宽阔的江面，与那里等待已久的亲人激情拥抱。

下面的江叫渠江，广安区境内最大的河流。

渠江，发源于川陕边界山区，流经陕西的汉中，四川的巴中、广元、达州、广安，重庆万州，在合川汇入嘉陵江，全长720公里。渠江是革命的河流，是川陕革命根据地的核心地带，15岁的邓小平，就是自广安东门码头顺渠江下重庆而投身革命的。

水是大地的血脉，也是人类的命脉。人类逐水而居，是为了更好地生存和繁衍。特别是农耕文明时代，有了水，就预示着丰收和富裕。不仅如此，水还能润育文明，人类的很多文明，都起源于流域。换句话说，水，也是人类文明的源泉。一个有水的地方，那可是大自然的巨大恩赐。

水是生命之源。洁净之水，能维护生命健康；污染之水，会给生命带来毁灭。而每一滴被污染的水，都有可能进入我们的身体，保护好水资源，就是保护人类自己。

广安区下沉式污水处理厂，不仅为确保渠江水质发挥着作用，节约了土地，还给市民开辟出了一片新的休闲天地，可谓一举多得，真是一种明智的选择。

净化城镇生活污水和工业废水，使其达标排放，只是保护渠江工作的一部分。除此之外，控制好农业面源污染，也是一项重要的内容。农业面源污染，点多面广，解决难度更大，关键是如何有针对性地结合丘陵地区的实际，选择好产业和布局。

广安区龙安乡的柚子基地和沿口镇的晚熟柑橘基地，为我们再次展示了选择好产业和布局在保护河流水质方面的重要作用。

站在龙安乡柚子母本园的山顶上，环顾四周，绿色的柚树起起伏伏，望不到边际。

龙安柚，已有近百年的栽培历史，是龙安国家地理标志产品，果实皮黄肉红，入口脆嫩化渣，汁多味浓，曾多次获得全国农业博览会金奖。1992年，邓小平同志南巡深圳，当地用本地的柚子招待。女儿邓榕问他："哪里的柚子最好吃？"小平同志笑着回道："我说还是家乡的柚子最好吃。"小平同志说的"家乡的柚子"，指的就是龙安柚。龙安柚是当地群众增收致富的好产业，还寄托着伟人对家乡的深深思念。

沿口镇的晚熟柑橘，面积达20万亩，仅五一村示范基地就有5000亩，年产果一万余吨，产值三千多万元，带动周边农户户均增收5000元以上。晚熟柑橘挂果年限长，果子香脆多汁，不仅品质好，还有错峰上市优势，有利于农户持续增收。站在示范基地的山丘上一眼望去，满目翠绿，微风吹来，仿佛能闻到果子的香味。幸福的香味让人陶醉，更让人看到了美好的未来。

丘陵地貌，除河滩之外，其余地方都是起伏的坡地，土块狭小，土壤瘠薄，墒情很差，种粮食不仅效益不高，还不利于水土保持。龙安选择做强果树产业，不仅有利于产村相融，农旅结合和农户增收，更重要的是，成片成片的果树，防止了水土流失，这为还渠江一江清水，起到了巨大的保障作用。

选择是一种能力，需要勇气，更需要智慧。下沉式污水处理厂建设，发展龙安柚和晚熟柑橘，体现出广安区人的聪明智慧。与之异曲同工的地方，还有武胜的蚕桑现代农业。

蚕桑，即养蚕与种桑，是古代农业的重要支柱。相传是嫘祖发明，蚕桑文化是汉文化的主体文化，与稻田文化一起标志着东亚农耕文明的成熟。而汉文化的主体文化、丝绸文化、瓷器文化则标志着中原文明进入鼎盛阶段。我国是世界上最早种桑养蚕的国家。根据出土实物和甲骨文的记载，早在三四千年前，在黄河、长江流域就已种桑养蚕并利用蚕丝织绸了。

四川是蚕神嫘祖的故乡，是世界蚕丝业发祥地之一，有5000多年栽桑养蚕历史，素有"蚕丛古国"之称。作为"南方丝绸之路"起点、蜀锦的发源地，丝绸成为最具传统历史、最具文化内涵的名片。四川，也一直是全国主要的传统蚕桑产区和优质茧丝生产基地，特别是随着东部工业化浪潮之后，国家"东桑西移"项目实施以后，四川，成了全国最大的桑蚕生产之地。

蚕桑曾是武胜的主要产业。"勤喂猪，懒喂蚕，四十天，见现钱"，养蚕，在20世纪90年代以前，给农户带来了不少的现金收入。但之后，由于工业化浪潮席卷而来，加之蚕桑产业由于劳动密集度高，生产方式落后，产业链不长，比较效益低下，整个产业陷入低迷状态，很多丝绸企业纷纷破产，一些乡村开始退桑还耕，蚕桑产业进入了看不到暖阳的寒冬。

后来，随着现代农业的兴起，科技为传统产业注入了新的活力。经过科研人员的不懈努力，蚕桑产业不再只是缫丝织绸，其产品开发的广度和深度达到了前所未有的程度。不仅拓展了对桑林的利用，如桑叶制茶、桑枝种蘑菇、桑林下种药材等，而且对蚕和丝的利用空间越来越大，如蚕沙提取叶绿素、丝入化妆品等，极大地提高了蚕桑产业的综合效益。

依靠科技的力量，武胜创新生产方式，让传统的蚕桑产业，焕发出了新的异彩。在武胜猛山乡蚕桑现代农业园区，几万亩桑林一望无际，像绿色的大海。园区立足生态制度、生态空间、生态环境、生态经济、生态生活、生态文化六大领域，走出了一条生态效益和经济效益共赢的新路子。

选择发展传统产业，需要勇气，更是一种责任担当。

千里嘉陵，武胜段最长。

嘉陵江源于秦岭北麓的陕西凤县，经甘肃、四川、重庆汇入长江，全长 1345 千米，是长江支流中流域面积最大的一条江。其中，在武胜境内，长达 100 多公里，纵贯全县。也正因为如此，武胜在筑牢长江上游生态屏障工程中，所担负的责任就更为重大。

在产业布局上科学的选择，为确保境内江水水质方面，带来了明显的效果。当地生态环境部门的同志告诉我们，如今嘉陵江的水质已达到Ⅱ类，可以作为饮用水水源。为了证实他说的话，他带领我们登上了县城边一处码头的游船，带我们去龙女湖一探究竟。

龙女湖其实就是嘉陵江的一段水域。武胜人叫它龙女湖。啥原因没问，猜想是因为如今的景色，如同仙女一样吧！

宽阔的湖面是因为水电站的修建形成的。电站没建之前，龙女湖水面狭窄，水流湍急。电站建成后，抬高了水位，让水面增宽很多，水流也变得温柔平缓。

深秋的早晨，薄雾萦绕，两岸的景色若隐若现，船行驶在湖面之上，仿佛飘行在云雾之中。随着太阳的升起，温度上升，薄雾消散，龙女湖终于露出了真面目。湖面清澈如玉，游船激起的浪花，白花花的，如涌动的白云，闻不到丝毫腥味。两边的岸上，绿树成排，看不到尽头，与起伏的湖岸倒映在水中，写意画一般。水面上空，不时有水鸟出现，或一只两只三只，或一大群，忽左忽右，忽高忽低，时而没入岸边的树林，时而又回到湖面，仿佛是巡湖的环保卫士。

龙女湖只不过是武胜河流治理成效的一个缩影。近几年来，武胜按照"一个节点一个景观"要求，树立"生态、形态、业态、文态"四态合一、有机融合的理念，把文化融入生态，建成了印山公园、黄林溪山体公园、中滩石地公园等 7 个主题公园，为打造中国西部著名江湾湖畔休闲旅游城市，诗意田园，奠定了坚实的基础。

通过调整农业结构，兼顾生态和经济两个效益，从根本上防治水土流失，是生态文明建设的必然要求。

在四川，为了还一江清水，其他各地也和广安区和武胜县一样，按照"五位一体"战略的要求，果断选择了绿色发展的路径，为筑牢长江上游生态屏障，贡献着自己的聪明才智。

四川如此，重庆也是如此。

合川区，是嘉陵江、渠江、涪江三江汇流之地。境内水网密布，共有215条河流，水域面积达96平方公里，河流总流程1793公里，人均拥有水量是全国平均值的19倍。三江汇流，让合川拥有了得天独厚的水利资源，但与此同时，水资源保护的压力就更加巨大。

为确保出境断面水质达标，合川除了加大农业面源污染，工业废水，生活污水的治理力度，还着重加强了对河道岸线的治理。在河道岸线治理的过程中，合川把水生态保护、生态修复、城市景观、休闲游览等有机结合，集多功能于一体，进行综合治理。

来到合川城区涪江岸边的赵家渡水生态公园，首先映入眼帘的是一群穿着鲜艳的中年妇女，她们正随着音乐，手挥彩带，翩翩起舞。在她们的四周，是绿色的草坪，高低错落的树木，还有鲜艳的花朵。

这纯粹就是一处公园，哪是渡口？可随着工作人员的介绍，我们才知道赵家渡的前世今生。

以前的赵家渡，是一片裸露的河滩，每年汛期，高涨的江水，都会造成河岸上的泥沙流失。防洪护岸，是建设长江上游屏障的重要内容。合川在实施该防洪护岸工程时，创新理念，创新设计，创新工艺，一改以往土墙砼壁，草稀路狭的堤型，以人水和谐，生态治理的新理念，采用"石笼护脚"，植物覆盖护坡的办法，极大地还原了湿地生态。同时，将公园与工程有机结合，既达到了护岸的目的，又为市民休闲娱乐提供了优美的场所，促进了自然、经济、社会的和谐发展。走在滨江的栈道上，一边是微波粼粼的江水，一边是翠色的植被，阳光迎面而下，仿佛行进在一幅写意的山水画中。

在合川，类似赵家渡这样的滨水岸线还很多。三江六岸，是合川重要的生态廊道。如何让这些廊道都像赵家渡一样，成为美丽岸线，合川摒弃了过去"滨江不见江、近水不亲水"的粗线条发展思路。牢牢把握"共抓大保护，不搞大开发"这个基点，坚持生态优先、绿色发展，统筹协调好生态保护、经济发展、防汛抗洪、生活休闲等功能布局和山、水、路、岸、产、城等空间元素的关系，打造集生活岸线、生态岸线、景观岸线于一体的最美岸线，先后建成了东津沱滨江公园、花滩滨江市政公园、涪江滨江公园等二十多个亲水休闲公园。完成 133 公顷水系绿化，岸线生态多样性得到修复，成效不断显现，水域生态环境持续改善，嘉陵江、渠江、涪江的水质连续四年保持在 Ⅱ 类。每年冬天，大量的红嘴鸥结队而来，在江岸湿地过冬，给合川带来了另一种别样的风景。

红嘴鸥，俗称水鸽子，体型、毛色与鸽子相似，身体大部分羽毛为白色，尾羽黑色，嘴脚呈红色，喜群居，属于世界濒危物种，也是中国重点保护物种，喜欢以小鱼、虾、水生昆虫等为食。红嘴鸥的到来，侧面印证了合川岸线治理、河流水域治理、生态环境保护等效果明显。

生态建设，既要抓大，也要抓小，除了三江六岸，合川还在农村的小河流治理上下功夫。为解决农村生活污水随意排放对三江水质影响，合川以河长制为抓手，从源头抓起，在全市率先启动了农村 25 户以上重点聚集区生活污水处理设施建设。

临渡村农村生活污水处理站，就是已建成 80 多个乡村污水处理站中的一处。在处理站的上方，是一处集中居住区，几十户村民是建水库时淹没区的搬迁户。建站之前，聚集区的生活污水直接排放到地里，又脏又臭。建站以后，所有生活污水通过管道引到处理站，经过处理后再排向沟渠。经过处理后的水，清澈透明，无色无味，既可浇灌庄稼，也可直接排放进河里。

在农村25户以上重点聚居区建污水处理站，是以生态效益为主的项目，费用由财政支付，无直接的经济效益。作出这样的选择，必须有强烈的环保意识，有长远的眼光，可持续发展的思维，这是合川的气度，也是合川的创新。

绿水青山就是金山银山。一滴水能折射出太阳的光辉，一滴水也能反映出一个地方的环境质量，水质是最根本的体现。水质不好的地方，说明地面环境污染和大气污染都非常严重。一个水质污染严重之地，即便经济增长幅度很大，也只能是短暂的，人们健康状况和生活质量会大打折扣，可持续发展只不过是一场黄粱美梦，一个焕发着斑斓光彩的肥皂泡，一触即破。

事实上，合川水环境治理并没有影响经济社会的发展速度。合川的实践证明，选择绿色发展之路，不仅可行，还前景广阔。

从广义上讲，湿地是自然形成、常年或季节性积水的地域，在海滩其低潮时水深不超过6米；在陆地是永久性或间歇性被浅水淹没的土地，地下水埋深小于3米，底泥含水率超过30%，季节或年际水深变化幅度超过30%的水域，如沼泽地、湿原、泥炭地、滩涂、稻田或其他积水地带。

从狭义上讲，湿地是指地表过湿或经常积水，生长湿地生物的地区。湿地生态系统，是湿地植物、栖息于湿地的动物、微生物及其环境组成的统一整体。湿地具有多种功能：保护生物多样性，调节径流，改善水质，调节小气候，以及提供食物及工业原料，提供旅游资源。

湿地是地球之肺。面对气候越来越严峻的挑战，保护湿地，恢复湿地，新建湿地，是改善气候的措施之一。

潼南区，与四川安岳县、安居区、船山区、蓬溪县、武胜县相邻，是川渝合作门户之地，涪江、琼江自西北向东南，并列贯穿全境。涪江境内长约 67 公里，琼江 82 公里。境内大小河流共 75 条。多年来，潼南依托两江优势，大力发展种植业，推动着区域经济社会不断发展。特别是地势平坦，灌溉方便的河滩，为种植业提供了良好的土地。

种植业，每年都得翻挖土地，难免造成水土流失，特别是汛期。江岸治理工作提出后，潼南着眼大局，着眼未来，忍一时之痛，毅然选择了变耕地为湿地，开启了新的发展之路。

在潼南县城区西北定明山下，有一座世界第七，高 18.43 米的摩岩大佛，周身贴金，神态庄严。佛的前面，就是宽阔清澈的涪江。一千多年来，佛注视着江面的变化，阅尽了人世间的沧桑变化，却始终保持着同样的神态。在城区和大佛交汇处，是一片广阔的河滩，曾经是蔬菜种植基地。为了防止这片滩涂的水土流失，潼南选择将其建成了城市滨河湿地公园。公园占地 99 公顷。为了使公园独具特色，在做好生态保护和岸线修复的基础上，依托大佛寺景区，用一种类似莲花叶脉的肌理，控制全局，配置各种乡土植被、树木、花草、芦苇等，打造出了一片美丽的滩涂绿洲，将历史悠久的航运文化元素和佛教文化元素融为一体，既防洪固沙，又美丽了河岸，拓展了景区，提升了城市形象。

除了河滩治理，潼南还狠抓了小流域治理、农业面源污染、工业废水、生活污水等各项治理工作。经过多年的不懈努力，潼南的天更加蔚蓝，山更加青翠，水更加清澈。涪江的水质多年保持在 II 类，为保护长江作出了应有的贡献。

一个有河流经过的地方是幸运的。人杰地灵，土地的灵气来自水。广安、武胜、合川、潼南，对水资源的保护，是一种感恩，也是自我救赎。

自然界的进化和人类历史的发展，包括一个人的一生，从某种角度而言，就是一个不断选择的过程。自然界物竞天择，适者方能生存。一个人，选择什么样的人生目标，就决定了什么样的命运。作为万物之灵的人类，面临的选择更加复杂，选择什么样的制度，什么样的目标，什么样的道路，决定了人类社会的兴衰存亡。

选择的能力，来自对历史经验教训的认知程度。选择的智慧，来自对现实研判而形成的对未来的预知能力，还需要坚定的信仰。

党的二十大选择继续坚持中国特色社会主义的道路，以建设中国式的现代化，来实现中华民族的伟大复兴，构建人类命运共同体。这是我们党在总结革命和建设时期的经验教训之上，着眼国家、民族和全人类的未来，作出的正确选择。

实现中国式现代化的要求之一，是促进人与自然和谐共生。要达成这样的目标，就必须持续深入推进环境污染防治，继续打好蓝天、碧水、净土保卫战。

自然生态，是不可逆的，有的一经破坏，即便付出再大的代价，也无法挽回。历史经验告诉我们，人与自然和谐共生，人类的生存和发展才有机遇与希望。反之，则将面临着挑战和灾难。

"路漫漫其修远兮，吾将上下而求索"。在促进人与自然和谐共生进程中，我们将不断会面临一个又一个的选择。沿江而行，从川渝两地的实践来看，我们知道全社会生态优先意识正不断深入，敬畏自然，走绿色发展道路的决心已更加坚定，在走向未来的征程中，不管面临多么复杂的情况，都不会作出以牺牲环境为代价的选择，更不会重蹈先污染后治理的老路弯路。

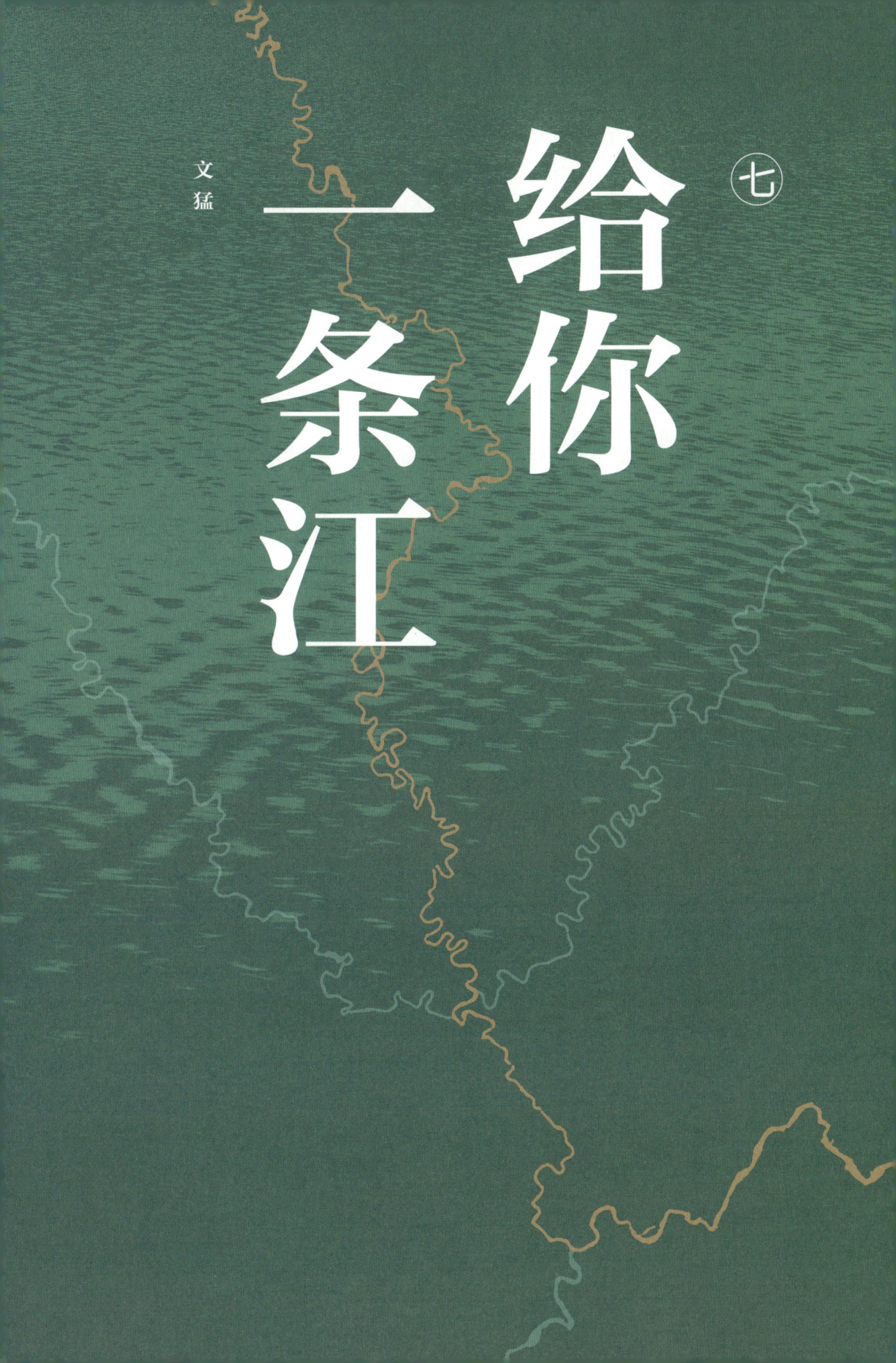

给你一条江

文猛

七

江边孩子生下来，大人们会抱着孩子面朝大江拜祭。

拜江，是江边孩子一生中第一件大事。

"江神爷！我们和孩子给你磕头啦！请收下你的孩子！"

拜江，喊江，孩子，这是天地给我们的一条江。

一个人有一个人的人生，一汪湖有一汪湖的湖生，一棵树有一棵树的树生，一条江有一条江的江生。拜祭在江边，跟着大江走向远方，心就特别敞亮。

江河是长在大地上的一棵大树，这是关于江河最走心最贴切的比喻。作为一个在长江边长大的大江之子，门前的大江从哪里来？这是我们血脉中永远抹不去的悬念和向往。如果说长江是中国大地上最长最大的一棵大树，嘉陵江、岷江、赤水、沱江、乌江、雅砻江、汉江是这棵大树上最长最粗壮的枝丫。我拜问过长江上游的岷江、乌江、雅砻江、赤水。

嘉陵江一直在等着我。

嘉陵江从哪里出发，开始一条江的江生，大地和史书记载着。一说陕西省凤县代王山东峪河。一说甘肃省天水市齐寿山西汉水。我不知道该拜问哪方源头。直到2011年11月，国家水利委员会在西安召开嘉陵江、汉江河源考证会，考证研究的结果是，嘉陵江发源于陕西省凤县代王山东峪河。

我们知道嘉陵江从哪里来。

逆流而上，我是在四川省南充跟上了嘉陵江入川的脚步，顺流而下，跟着嘉陵江走向长江，我知道嘉陵江往哪里去。

"嘉陵江色何所似，石黛碧玉相因依。"这是诗圣杜甫笔下的嘉陵江风光。嘉陵江从陇源、秦岭深处踏波而来，在川东北画出上千里弧线，南充人说"嘉陵江把最柔美的身段给了南充"。嘉陵江一路走来，流过城市，流过村庄，大家总用最美好的词语描绘流过家乡的江段，总强调嘉陵江最美的江段在自己家乡，这是心中的河流，这是母亲河。

拜问嘉陵江，从南充出发。

我静静地伫立在江边，这种静，是仰望唐古拉山格拉丹东的静，是仰望珠穆朗玛雪峰的静，是仰望祠堂里祖辈们牌位的静。静静地想自己，想河流。一阵风过，江鸥翻飞，汽笛长鸣。多少次流淌在梦幻里的嘉陵江，如今就在我的身边，就在我的脚下，从三秦大地而来，跨过战国的动荡，见惯汉魏的风云，奔流在唐宋的诗篇中。

"看，百牛渡江！群牛归巢！"慕名而来的游客早已在岸边摩肩接踵，相机、手机、笑声、吆喝在江风中飞扬。我不知道我是不是人群中等待百牛过江的那一个，但是百牛过江的壮景刚好让我赶上。长江三斗坪还没有高筑大坝之前，我在大宁河上就赶上过"白龙过江"的壮景，江水从江面越过去那种壮观千载难逢。走过一条大江，走向对岸，人在走，水在走，风在走，船在走，桥在走，江在走，牛自然也在走。

这是嘉陵江上唯一一条百牛过江的地方——四川南充蓬安县相如镇油房沟村嘉陵江段。嘉陵江流过蓬安县城，江水的冲刷，泥沙的沉积，形成了两个巨大的江中岛屿：太阳岛和月亮岛。从暮春到初秋，清晨，数百头水牛分别从嘉陵江岸边成群结队游上岛去，啃食青草。黄昏，牛又下水洄游上岸，被称为"百牛渡江"。天地给了牛一条江，给了牛一方草，就给了牛走过一条江的理由。

想想牛，想想我们自己，这也是我们跟着一条江走向远方的理由。

水牛在岛屿上悠闲着它的悠闲，反刍着它的反刍，它们并不陌生人间烟火的浸润。据说独自乘船走上岛去，高大健壮的水牛群出现在眼前，你不会有被牛角对话的担忧。大的小的、形态各异的水牛也不会因陌生人造访而惊乱。这是它们和人类共同的大江。水牛抬头和你对视，满眼都是温柔友善，满脸都是微笑。如果它跟着你过来，你也不必慌张，甚至可以主动向它靠拢，就像小时候在山坡上放牧的那些牛羊。它在你的眼里，你也在它的眼里，上岛的人逐渐多起来，牛和人在青草地上相映成趣。定格，拍照，朋友圈，牛儿摆着自然的造型配合，那种造型真的很牛，分不清谁是主角，谁是配角。

突然见到小牛追着母牛吃奶，少妇怀抱婴儿江边漫步，天地之间，江天一色，人、牛、江水，不分你我。

夕阳西下，头牛一声长眸，水牛们奔着声音和身影，一支浩浩荡荡的水牛大军很快形成，争先恐后冲向嘉陵江对岸，如百米冲刺的选手游弋江中，兴尽而归。

这一幕，刚好让我们赶上。如果你有充足的时间，我们可以天天赶上这幅"百牛渡江"的壮景，这就是嘉陵江。

可惜特别喜欢画牛的画家李可染先生没有看到这一幕。

逐水而居，这是人们不假思索的选择，靠水吃水，城市在嘉陵江滋养下迅速长大，曾经嘉陵江绕城而过，如今嘉陵江穿城而过，城市长大了，江水受苦了，很长的时光格上，人们随意让污水直排入江，随意在江上捕鱼，随意让垃圾倾倒入江，柔美的身段变成柔弱的身段。

嘉陵江病啦！

"小的时候，河水很清澈，我们经常去摸鱼。前些年河水一下臭得不得了，大家宁愿绕道都不想从河边走过。"

回首江事，清和痛是我们的反思。南充市营山县，南门河穿城而过，汇入渠江，最终注入嘉陵江。向河边的老人们问河，清澈是大家共同的记忆，河臭也是大家伤心的记忆。无法开窗，无法看景，无法看河，南门河成为大家口中戏说的"三无之河"。

营山人痛定思痛，向自己宣战，壮士断腕般改造县城7个街区、68个小区，将城市污水全部收集、处理。投入大量资金将所有乡镇污水集中处理，整治河岸，在河边建起滨河公园，不让一滴污水进入河流。

漫步南门河畔，河边杨柳依依，绿草茵茵，散步，跑步，骑自行车，投食白鹭，闲来垂钓，脸上洋溢着从心底发出的笑容，展现出自脚底升起的力量。

南门河回来啦，流进渠江的所有河流都回来啦！

走向西充县城外一处公园，三面山丘合围，绿树，草坪，步道，木椅，秋千。

西充人笑着问我们："这里是什么？"

"这里是公园啊！"

西充人大笑，显然这不是答案。在南充，这样的问题我们回答错误很多，沧海桑田的巨变，我们刚好赶上，我们处处赶上。

果然，西充人告诉我们，这下面几年以前埋的全是垃圾，三面山丘刚好围成一个垃圾场，这里成了苍蝇的集散地。

过去，不管是西充，还是南充其他区县，垃圾的处理方式只有一种——填埋。我们机械地填埋，我们看不到垃圾裸露，就以为我们完成了垃圾的处理，总是忽略填埋之后的除臭措施，更为严重的是渗滤液处理设施工艺落后，能力不足，垃圾场的垃圾除了眼不看心不烦，臭味依然，渗滤液积存，新的更大的环境污染无法预测。

嘉陵江流入四川盆地，南充是封面、是第一站，是嘉陵江和长江清河、护岸、净水、保土接力赛中的第一棒。巴蜀人能否给下游一条最美最清的江，这是南充人的上游意识、上游责任。

南充人果断收回所有原垃圾填埋场经营权，交国有投资公司负责，分片区建设垃圾焚烧发电厂3座，让垃圾走进火炉，让垃圾发电，曾经在黑暗中躲藏的垃圾凤凰涅槃成为我们夜空的光芒，实现了垃圾资源化处置全覆盖，将垃圾转化为再生资源。同时建成废机油、废铅蓄电池等危险废物收集处置中心5处，建成医疗废物处置中心3座、污泥处置中心4处，建成川东北第一家大型危险废物综合处置中心，围绕嘉陵江岸线打造十多处城市滨水公园，让"最柔美的身段"水清，岸绿，景美，不让一点垃圾进入河流。

人在高处，江在低处。如今是江在高处，人也在高处，让人类的生命和江的生命共存。

陈志德祖祖辈辈都在嘉陵江上小龙到青居一段捕鱼为生。江就是他们的庄稼地，只是这片地上的庄稼就是鱼，鱼不是渔民种下的，是江种下的，是大地种下的，渔民只是收庄稼的人，收庄稼的人多了，江种不赢，水长不赢，渔民自然就不会有好的收成。大地要歇气，江也要歇气，鱼也要歇气。对于禁渔，陈志德知道这一天早晚会来，嘉陵江经不住人们的疯狂捕捞，这条种鱼的江要歇气啦。

2019年12月，南充顺庆区正式启动"退捕转产"。早在年初陈志德就和朋友联手开了打捞公司，从最开始的5个人、6艘打捞船，发展到今天25人、13艘打捞船，每天在30公里的嘉陵江上，来回巡逻打捞漂浮物，从"靠江吃江"的渔民成为巡逻捞漂的"江河卫士"，每一天都在保护着自己的"母亲河"。陈志德告诉我们，随着打捞业务的扩大，他向相关部门申请造几艘自动化垃圾打捞船，开展更广阔水域的漂浮物打捞，给下游一江干净的清水。

站在嘉陵江边。和清漂人站在一起，定格，微笑，朋友圈。他们也清除了我们心上的漂浮物。

浩波淼淼，碧蓝清秀，曾经的鱼腥味、污水味、腐臭味、柴油味荡然无存。江清，风清，天清，澄澈之气荡涤人心。

在嘉陵江守望着最后一丝晚霞隐去，大江两岸，灯火次第绽放，横跨大江的大桥在江面上隐约可见。夜空的繁星在水里，水里的月影在摇曳，一江灯火，一江清水。

浔栖江南，一个诗情画意的地名，如果不是清清的渠江，如果不是四川话，如果不是天南海北奔赴广安拜望伟人小平故乡的人群，亭台楼阁，小桥流水，粉墙黛瓦，青石板路，总给我们时空的错觉。

这里真是江南？

广安，广土安辑，广袤的土地因为嘉陵江、渠江而肥沃，也因为这两条江而充满悬念。给江修好路，让江水在自己的水路上走，不在人们的土地上走，那才是真正的广土安辑。广安市大龙镇光明村，一个在江边的村庄，村里每年的收成不是自己说了算，是渠江说了算，是天说了算，在美丽的渠江边，大家的日子却没有一天踏实。

广安区与浙江省湖州市南浔区手牵手，心连心，共同在这里绘制东西部扶贫协作重点对口扶贫合作项目，整治江岸，给渠江修路，让江水在自己的江路上走，给群众一片踏实的庄稼地。四川话中没有"劳动"这样的词语，"劳动"在四川话中就是"活路"。有了河路，就有了群众新的"活路"。江南水乡，巴山蜀水，江南的风和渠江的水对话。不移山，少砍伐，不填塘，不倒房。河滩荒地变草坪，果树草木美化岸线，景观步道顺应山坡走势，山顶打造网红民宿，绿林中镶嵌星空泡泡屋，遥望星辰，诗意栖居。

走过小桥，遇见流水；走过屋舍，遇见飞鸟。绿色生态的传统村落呼之欲出，不是江南胜似江南，"浔栖江南"，记着地名好回家，架构在中国东部和西部的血脉桥梁，融合西部江河的风骨和东部大海的辽阔。

更难能可贵的是，当"浔栖江南"生态司法修复基地出现后，用法律给生态护航，生活在江上的鱼、鸟，生活在这片土地上的泥猪儿、鱼鳅猫、猪獾、鼬獾等山野朋友，再也不用担心有人猎杀它们。江水、江岸、动物、花草、村落……在"浔栖江南"的旗帜下形成一个有机的整体，写意成一幅宁静而安详的山水画。

"日出江花红胜火，春来江水绿如蓝，能不忆江南？"

柚香时节，走进广安区龙安乡群策村1组龙安柚母本园。大约百年前，一个叫唐姓前辈老人从外地回家带回一株柚子树，至今还茂盛在园区内，成为大家拜望的百年柚王树，柚王树开枝散叶，一个人带回一棵树，一棵树带动一个产业，一个产业让渠江两岸柚香世界。

天云山下，渠江两岸，平坝是柚林，山坡是柚林，柚树上挂满金黄的柚子，空气中弥漫着浓郁的柚香，以漫山遍野绿油油的柚海为背景，那是冬日点亮的一盏盏黄灯笼，那是冬日最温暖的笑容。

沿着弯弯曲曲的柚园小道，柚林中随处可见扬着采柚网、背着竹背篓的村民，他们哼着《我望槐花几时开》的调子欢快地采摘柚子，兴奋地指导着游客，向葱绿的柚树伸开采柚网，向金黄的柚子伸开采柚网。柚树上的黄灯笼一盏盏汇聚到竹背篓中，柚园中的柚林小道上放满了一串串金黄的背篓，就像阳光下金色的小河在柚林中流淌。

1919年夏天，伟人邓小平从渠江离开故乡广安，实现他广安天下的理想，从那以后再也没有回到过故乡，但是他牵挂着故乡的柚子，经常称赞说广安柚最甜，他从广安柚的香味中去回味故乡的乡味。

柚香广安，柚香渠江，柚香一生。

在园中认领一棵柚树，人走开，树不会走开，心就不会走开。

在广安，我有一棵柚子树。

"千里嘉陵，武胜最长。"这句话，武胜人说了几千年，这是武胜人的底气。武胜，以武取胜，一个很阳刚的县名，嘉陵江流经武胜117公里，县内还有长滩寺河、兴隆河、复兴河、吉安河，还有74条小溪，"一江四河74溪"，山环水绕，"嘉陵明珠"，阳刚的武胜更似江南水乡的秀美。

"千里嘉陵，武胜最美。"这句话，是86万武胜人最近几年庄严宣告的，这也是武胜人的底气。谁不说俺家乡好，美丽的嘉陵江流过的每一座城市，大家都说自己是嘉陵江上最美的城市。英雄的武胜人敢于大气地树标杆，他们感恩天地给他们一条江，让江水更清，让江岸更绿，让村庄更富，让城市更美，只有自己让山川河流服气，才能让江上所有城市对自己服气，对自己仰望，千里嘉陵，武胜敢于最美，就必然最美。

"靠山吃山，靠水吃水。"这是人们心中固存了几千年的生存法则，天地给了武胜人丰富的江河，他们在江河上网箱养鱼，渔船打鱼，在江河岸边养猪、养蚕，让武胜成为著名养鱼大县、捕鱼大县、养猪大县、养蚕大县。当温饱不再成为揪心的事情后，对富裕的渴求，让他们忘记了天地给予的江河，他们关注兜里的钱袋，忽视大地上的水带。各人自扫门前雪，连门前的水也不去多望一眼。污水随意排入江河，垃圾随意倾入江河。后来嘉陵江上建起东西关、桐子壕两座中型电站后，江水自净能力更加脆弱，"千里嘉陵，武胜最臭"，武胜大地上的江河水质一下子降为Ⅲ类水质，江河上污水东流，垃圾漂浮，"一江四河74溪"成为武胜人最为揪心的痛。

江清保卫战打响啦！

拆除江河上的网箱养鱼。武胜人秋风扫落叶的气势做通养鱼人的工作，对每个网箱养鱼补助3000元到5000元的资金，让他们从江河上拆除，引导他们生产转型，选择陆上合适地方养鱼并完善污水处理设施。武胜所有江河上见不到一处网箱养鱼，江河水面一下清爽。

渔民上岸。武胜县有劳动力的退捕渔民 424 人，他们祖祖辈辈就在江上捕鱼，武胜历史悠久的龙舟文化，优美动听的船工号子，传承着武胜渔民历史上的辉煌，武胜人血脉里总有龙舟竞渡的豪气和船工号子的激荡。武胜人最理解这些渔民的心情，县水产渔政局一条船一条船地走访，根据渔民自身情况和所在地条件，一船一策，帮助转产转业，助力渔民告别"水上漂"，实现"陆上安"，去过上一种不同于祖辈的全新生活。

中心镇狮子口村陈林看着自家几条渔船拉上岸，心里空荡荡的，以前在江上一网下去几百斤鱼，鱼挂在网上满满当当，那是一个渔民的收获。后来尽管一网下去只有几十斤，甚至几斤，但是大江总不会让自己空手回家。水产渔政局和陈林一起想今后新的"活路"，帮助他申请政策资金，派出工程师赵江手把手指导他搞养殖业，承包村里 51 亩水田，发展稻虾综合种养，陈林在岸上找到了自己的"活路"。

走进陈林的养殖基地，和他一起上岸的渔民正在池子里打捞龙虾，按照品质称重分装。陈林说，这是客户预订的龙虾，将送到各个餐馆。上岸第一年，他家的养殖场就收获两批小龙虾 5000 斤，产值近 20 万元。陈林请我们吃小龙虾，笑着说自己最拿手的是煮嘉陵江鱼，但是养小龙虾让自己发了"虾财"，比捕鱼强多啦，他将扩大养殖规模，让更多和自己一道上岸的渔民参与进来，江上能够搏风斗浪，岸上就能够战天斗地。

陈林家的墙上我们见到好几根船桨，陈林说是特意从自家船上留下来的。

我们理解一个渔民对江河的感情。

拜问嘉陵江、长江两岸，每座城市都建起了很多污水处理厂。位于广安区滨江东路的广安市污水处理厂还是四川省首座下沉式城市污水处理厂，地下处理污水，地上是公园。沿江的每座工厂配套了污水处理设施，污水处理厂延伸到了乡镇、村落，确保流进江河都是干净的水。四川、重庆11万艘渔船、28万渔民上岸，每一个渔民在岸上都有自己新的职业和生活，沿江每个县（市、区）都成立了自己的清漂队、护渔队，曾经的"打渔人"成为今天的"清漂人""护渔人"。

人心改版，江河改版，大地改版。江河之上，我们暂时见不到渔歌唱晚，听不到船工号子，渔民在华丽转身，江河在华丽转身，大地在华丽转身，嘉陵江全流域流入长江的水都是Ⅱ类水质以上。

清清的嘉陵江回来啦！

武胜人在江清上大气魄，在岸绿上更是大手笔。

嘉陵江上没有高筑大坝修建水电站的漫长时光，嘉陵江就像一座没有缰绳的野马，在大地上狂奔乱跳，随时把岸边的树、庄稼、田园、房屋踏在自己波浪之下，除了顽强的芭茅草，嘉陵江消落带上伤痕累累，成为江边长长的疤痕。

庄稼提心吊胆。

家园提心吊胆。

嘉陵江两岸不是一江风景，是一江痛到心底的疤。

嘉陵江上筑起大坝，建起水电站，就像给嘉陵江系上两根缰绳，水涨到哪里，水落到哪里，完全在人们的掌控之中。

让两岸变得更美，让一江清水流淌在大地上的画框中，成为沿江人民最热切的期盼，成为乡村振兴最大的主题。

树是要种的。

看着两岸光秃秃的消落带，就像一个人有一双明亮的眼睛，却没有眼睫毛和眉毛，就像一个人没有了头发。现抽调到嘉陵江乡村振兴专班的田昌金，之前的职务是武胜县林业局长。江边无树无绿，他这个局长脸上无光，心中无底，林业局长必须给嘉陵江造林。

植树造林从绿化嘉陵江开始，这就是武胜人开始的"江绿工程"。

"绿水青山就是金山银山。"这是航标灯，这是行动书。

全县设立县乡村三级林长 521 名、三级河长 427 名，最大的中心任务就是植树和护河。每年植树造林重点区域就在嘉陵江两岸。桃树、李树、柑橘树要栽，花开两岸。麻竹、柳树、松树、柏树要栽，绿满两岸。短短两年中履行植树义务 24.75 万人次，完成营造林 1400 亩，让嘉陵江两岸除了庄稼地之外的消落带上都种上绿树，水岸线、山脊线、天际线都是生机盎然的绿意。

庄稼是要种的。

乡村振兴专班由原来县上 15 名各部门退居二线以后的"一把手"组成，他们对全县嘉陵江流域了如指掌，关键是他们有着很好的人脉和较高的威望，振臂一呼能够应者云集。专班每月一次例会，由县委副书记、分管农业副县长主持。每季度一次调度会，由县委书记主持。目的就是要把规划出的武胜乡村振兴蓝图落实到大地之上、大江之上，哪里出现问题，专班就给他开专课。

武胜人彩绘嘉陵江是前所未有的大手笔。他们在昔日因洪水而抛弃的撂荒地上，因地制宜，因江而谋，种植 8000 亩彩色油菜，6000 亩向日葵，20 万亩大雅柑，20000 亩黄精等中药材。绿了江岸，富了群众。

注目嘉陵江两岸，四季鲜花盛开，四季绿树常青，素雅的、浓艳的、高擎的、低伏的，无不轰轰烈烈。

水在哪里，河道就在哪里，嘉陵江河道多次切割变迁，形成西关、礼安、黄石、华封、中心五大河曲，千回百转，九曲回肠。1995 年，东西关电站建成，两大河湾连环紧扣，背靠背，一湾为阳鱼，一湾为阴鱼，壮如太极图。

"烟波浩淼之上，绿树密林之间，春夏是彩画，秋冬湖面水天一色，宛如仙境。"唐明和村民每天都要到太极湖边散步，过上了城市人的生活，享受乡村慢和从容的时光。

紧邻太极湖的烈面镇高峰村三面环水，坡陡，路远，在东西关修电站之前，沿江而居的村民，汛期不时遭受洪峰过境的困扰，种庄稼看天吃饭，没有过上一天踏实日子。武胜县乡村振兴专班利用惠民帮扶政策，修起柏油路，流转土地种大雅柑，让村庄有了自己的滨江湿地公园，让河畔有了一座座标准化钓鱼池，成为垂钓、休闲、康养、旅游的特色风景区。

顺江而下，因水而兴的千年古镇沿口镇坐拥湖面宽阔、气势恢宏、旖旎妩媚的龙女湖，沿岸层峦叠翠，隽秀而平缓。沿岸群众"种庄稼"也"种风景"，成为农旅融合的最美乡村。

武胜人去年实现了全域公交，下一步将实现全域天然气，全域自来水，全域污水治理。"休闲江湾城，诗画田园乡。"这是武胜人给自己的名片，这一天一定会很快到来。

拜访了武胜一处处美丽的乡村，走上武胜人打造的游艇上，我还得去拜问下游的嘉陵江。

武胜江面上最初只有一艘游艇，后来客人实在太多，又打造了七艘，武胜人说还得再增加。千里嘉陵，武胜最美，不是自己在表白，是每一个到过武胜、准备到武胜的人共同的点赞。清风徐来，水波不兴，天蓝蓝，水蓝蓝，江面如镜，再也想不出更精准的比喻。城映水中，村映水中，树映水中，天映水中，白鹭、红嘴鸥追逐看游艇走过的浪花，江水清着他的清，浪着他的浪，蓝着他的蓝，一江清波也荡去了我心中的尘埃和垃圾，让我通体明亮，如一江清水。

在游艇前后，不时有鱼群游动，鱼儿翻飞。同艇的有一位曾经江上的渔民老徐，他上岸后在一家饭店专门作煮鱼的大厨。

2017年全县取缔网箱养鱼，2021年又全面禁渔，祖祖辈辈在江上打鱼养鱼，自己却成了"叛逆者"，告别嘉陵江，走上江岸。他说他每周都要挤出时间来坐一次游艇，几天不见嘉陵江，心里空落落的，他指着我看远处的鱼群，说这才禁渔两年，江中鱼就这么多，十年之后，江中鱼群该是多么让人惊异的景象。

请老徐给我们喊一段嘉陵江船工号子——

嘉陵江水哟，嗨嗨，悠悠哟，嗨嗨

连手推船啰，嗨嗨，到河里走，嗨嗨

龙角山黄葛树，嗨嗨，是又壮又胖，嗨嗨

财神码头哟，嗨嗨，好热闹哟，嗨嗨

锅盔凉粉哟，嗨嗨，味道长哟，嗨嗨

下了船啰，嗨嗨，喝二两哟，嗨嗨……

我从老徐的号子中听出的是欢乐，听不到惊天动地、惊心动魄，风平了，浪静了，水清了，嘉陵江船工号子少了昔日的悲壮和苍凉，少了昔日翻江倒海的生命激荡，我听出的就是一种发自内心的欢乐和幸福，就是一种心底的歌唱。

山是一座寨，寨是一座山。

武胜县方家沟村的宝箴塞，那高大威严的寨楼，陡峭险峻的城墙和瞭望四方的哨口，居高临下，一览无余。

走进宝箴塞，地道、暗门、碉楼、炮孔、高墙、粮仓、厨房、戏台、花园、水井……置身其中，却又恍若隔空离世。清澈的水井，远去的戏楼，雕花的窗棂，紧锁的四合院……

宝箴塞里有真实的人生活过，后来各种各样的电视剧或者电影，在此选址拍摄，各种人物和命运抗争，最后都殊途同归，化为大自然的一抔土。那是作家笔下的战争，事实上，这里从没有发生过一场战争，甚至没有一场战斗，守望着村落，守望着嘉陵江，其实守望的就是一个战争的童话。

宝箴塞戏台两边雕刻着两幅版画，用今天的专业术语，那应该是天幕背景图，图上左边雕刻着耕渔，右边雕刻着樵读，这是段氏家族修建这座宏大军事要塞的理想，他们实现了主人最初的理想。

如果说宝箴塞守望的是战争的童话，合川钓鱼城守望的却是影响世界格局的长达36年的战争。

顺江而下，渠江、涪江和嘉陵江在合川交汇，合川地名由此而来，集结大江大河，地名记着所有的事，地名守望着江河。合川区东城半岛的东北部，钓鱼城遗址控扼三江，自古为"巴蜀要冲"。踏着一字城墙青色的石板，抚摸古代战场的简单兵器投石机，从墙垛口间俯瞰着面前的三江交融口，以及城门口下水军码头遗址，聆听历史的足音，沐浴盛世的阳光，没有了刀光剑影，没有了血雨腥风，大江东去，风和日丽。

抚摸着钓鱼山"独钓中原"几个大字，举目远眺，视野里满目葱郁，良田沃野，古树参天。足下峭壁林立，远处碧波浩荡。走过古城墙，走过将士们浴血奋战的地方，天地给我们一条江，天地给我们一座山，守卫我们的江山，是威武不屈的人心，还是固若金汤的城垣？

钓鱼城下，冬阳暖暖地照着合川赵家渡水生态湿地公园，赵家渡水生态公园坐落于合川城区涪江右岸，起于铜溪镇沙湾河出口，止于涪江三桥。将河道治理与水生态保护有机结合，集防洪排涝、生态修复、城市景观、休闲游览等多功能于一体，成为全国首例生态防洪护岸工程，荣获中国水利优质工程"大禹奖"。

湿地这边，花圃竞艳。湿地对岸，城市林立。两两相望，中间江水清澈纯净，白云飘落进梦里。

逆流而上，我们只是拜望嘉陵江的过客，红嘴鸥们也是每年的过客，它们每年冬天都会远离故土，成群结队迁徙到嘉陵江边，在这里过冬。

永远矗立在这里的是大禹石像，目光深邃，看着他的后人们守护大江、花海、草滩、栈桥……

与江水相映成趣的步道上制作了精美的宣传栏，图文并茂地介绍江上的鱼、鸟、花、草、树、船工号子等，一路步道，一路嘉陵江词典，让我们从文字和图片上，从认识江上的鸟、江中的鱼、江畔的花，去查阅我们心中的那汪清水、那片天空。

"备问嘉陵江水湄，百川东去尔西之。但教清浅源流在，天路朝宗会有期。"这是唐代诗人薛逢给嘉陵江的诗。

南充人，广安人，武胜人，阆中人，合川人，潼南人，北碚人，渝北人，江北人，渝中人，大家一路守望着千里嘉陵江，建立起流域共治网络和江河联合巡河网络，让"但教清浅源流在，天路朝宗会有期"共同为嘉陵江书写盛世之诗，把一江清水送入长江。

沿着嘉陵江一江清水走下去，嘉陵江走到重庆朝天门，一江清水投入长江，长江前方是三峡，三峡前方是大海，大海前方是天空……

生生嘉陵江，一江向东流。

天地之间清漂人

没有到过三峡，不去伫目长江，不去关注那汪碧水，长江清漂人并不被更多人知道。

我不是在长江边长大，我出生在一条叫浦里河的长江支流。1983年夏天，跟着浦里河，河走向远方，我也走向远方，翻山越岭，来到长江边，来到长江边这座叫万州的城市。

走下码头，江水很低，城市很高，那座叫西山钟楼的万州地标，必须尽力仰视。江上船很多，没有我曾经想象中那么大的船，装满桐油、猪鬃、煤炭和整齐的装满榨菜的瓦坛。大江上飘荡着柴油味、桐油味、煤炭味和榨菜味。正是长江洪水季节，水上漂满了木棒、秸秆、稻草、水葫芦，还有一些上游洪水冲下来的死猪、死牛、死羊，汽笛声声，闷闷的，江水一般浑浊。

走上街道，扑面而来的是柏油路的柏油味，软软的路面，一脚踩下去，一个窝窝，鞋上立刻镶上一圈黑边……

街上有很多扫大街的人，这是我在乡村无法想到的景象。街道还算干净，街道之下的江水浑黄，飘满垃圾。

城市有扫江的人吗？那也应该是城市的街道。

历史的长河，这是我们最走心的表达。在古老的长江边，关于历史，关于长河，我们无法全景式地记录，对于这条江的历史，我们只能片段式地记录——

1997年11月6日，这是一个大日子，长江三峡工程大江截流，长江，从一条江到一汪湖，水涨船高，水涨村高，水涨城高，江湖之变。

2003年7月24日，这是一个普通渔民的普通小日子，雨后初晴，青山如黛，川江渔王刘传云带着儿子刘古军，扛着渔网走向自家渔船。船到江中，一座座由断枝残叶、玉米秸秆、垃圾泡沫和水面上漂浮的动物尸体堆积而成的垃圾山浮在江面之上，好不容易找到一片水面，撒网下去，拉上渔网，一网垃圾。再次撒网，依然是一网垃圾。

渔王刘传云心在流血：这还是我们的长江吗？

刘传云川江渔王的称号不是自封的，祖祖辈辈川江之上跑船打渔，练就一身跑船打渔好身手，就是大家喊的桡胡子。

1957年夏天，刘传云在长江上打到一条160公斤的大鱼，一时轰动川江。1981年四川省总工会授予刘传云"川江渔王"的称号，显然这个称号绝不仅仅是因为一条大鱼，而是代表党和政府对一个普通劳动者的劳动的肯定和嘉奖。然而今天的川江，除了网到的垃圾，一无所获。

"众水汇涪万，瞿塘争一门"。那是诗人对万州的诗语，在诗之外，众水汇来的也有脏水和垃圾，一江春水向东流，流的不全是春水。

是长江对不起他的子孙，还是子孙对不起他们的长江？

望着大江，望着渔船，望着渔网。渔王刘传云对自己两个儿子和徒弟们说："我们来给长江清漂！"大家为老人的决定惊呆啦——这么长的江，这么多的垃圾，就我们这几个人这几条小船能够有多大的力量。不再走船，不再打鱼，我们这些长江的子孙不会吃垃圾长大吧！看准的航路，渔王从不会退步。渔王相信一点，一网一网地捞，一片一片地清，总有江清的时候，清江上打鱼，清江上行船，那才是我们的长江！

刘传云把自家的鑫洋船作为生活船、指挥船、垃圾中转船，自己的徒子徒孙们驾上自家的14艘小渔船，划上江面，网兜捞，铁钩拉，上午

40多吨，下午40多吨，所有船的油钱，所有清漂工的生活，都由刘传云和儿子们自己掏钱来支付，大家都没有说工钱，谁也不好意思开口说工钱。

2003年7月24日，这是一个大日子！三峡应该记住这个日子，长江应该记住这个日子，中国应该记住这个日子，一个由刘传云老人和他的儿子们、徒子徒孙们组织的长江清漂队成立啦，刘传云说自己老了，在江上的航路不长了，儿子年轻，清漂队队长的重任给了儿子刘古军，这应该是中国第一个江上清漂队，至少是长江上第一支民间清漂队。

粗心的儿子只想到岁月的沉重，没有去想父亲的心事，当父亲倒在清漂船上，送到医院，医院给出肺癌的诊断和人生两个月的倒计时，刘传云坚决让儿子送他回到清漂船上，他知道自己的病，他知道家中的钱都在清漂船上、都在银行的催账单上。刘古军说什么也不同意，准备卖掉家中房子给父亲治病。父亲说："你要让我早死就留我在医院。"

刘传云回到长江上，回到清漂船，2005年1月24日，在清漂船上走完人生的"川江渔王"，比医生给出的人生倒计时多出整整两年……

那天，江水格外干净。

我不敢描述万州以下的江面，在万州的江面之上，垃圾山消失了，垃圾带上船了，不尽长江滚滚来的不再是无边的落木和杂草。江清了，刘古军一家多年行船打鱼积累的积蓄也清干了，还欠上亲戚朋友和银行70多万元。当银行再不敢给这个民间清漂队借贷更多钱的时候，船上无油，锅里无米，清漂船如同江上漂来的落叶，不知漂向何处，不知枕梦何方？

《愚公移山》故事的结尾，是愚公和子孙们移山的举动感动天神，天神出力帮助搬走了大山——这只是神话。江水不竭，漂浮物不竭，刘古军和他的清漂队出现在各大报刊的头条位置，出现在各级政府部门的案头，牵动了全国人民的心，牵动了国家领导人的心——三峡工程，国家工程，三峡清漂，国家行动。

有了文件，有了钱，刘古军和他的清漂队从渔民变为国家环卫工人，从打鱼人成为水上环卫人，从"水上游击队"变为"平湖八路军"，政府每年都要购置好几艘半自动化、全自动化清漂船，清漂队当年那些家当都光荣"下岗"了。媒体把"三峡清漂王"的称号给了刘古军，国家把"母亲河奖""全国清漂先进个人"的荣誉也给了刘古军，三峡清漂一下成为长江流域关注的又一个国家工程！

万州有了长江清漂队，云阳、奉节、巫山、秭归……库区所有区县相继成立清漂队。这不是一个国家对一群人的关注、对一条江的关注；这是一个国家对绿水的关注，对青山的关注，对人民的关注，对盛世中国的关注。

说实话，守望着长江，看到波光清清、江鸥翻飞的湖面，我清楚地知道这一切是因为有这么一群三峡清漂人，他们在水中，我在岸上。19年中，万州清漂队打捞垃圾100万吨，这只是其中一个清漂队的数字，要是汇集长江所有清漂队的数字，那应该是一个多么惊人的数字。所有他们的故事，几乎都是来自报纸和电视，来自生活中那一段段关于江、关于湖、关于峡的闲谈话题中。我渴望走近他们，一直思考着该为这群人写些什么，说些什么！

拨通清漂队刘古军的电话。

刘古军回话："那你得起早床，平时我们6点出船，现在是长江蓄水时期，我们5点出船。

"你们在哪里？"我问。

"早上我们在清漂码头转运垃圾。白天，我们在江上巡江。"刘古军说。

清漂码头？万州是长江上著名的大港，码头众多，我记忆储存中没有一方叫清漂码头的定位。问朋友，大家说不知道。我们仃目清清的江，吹拂清清的风，却总是忘记江上这样一群为大江美容的人。

定位发过来，走向我们总在忽略、总在漠视的清漂码头。清漂码头居然就在著名的万州长江二桥下面，无数次走过大桥，却从没有去关注桥下这群人、这些船，我为我的追问脸红。

站在清漂码头上，仰望天空，星星点点。环绕城市的西山、南山、北山、太白岩、天生城上独具匠心的灯饰，依山而上的城市街灯，长江大桥、长江二桥、长江三桥、万州大桥、石宝大桥、驸马大桥上的桥灯，江面上的航标灯，一方方码头上停泊的船灯，倒影江中，湖映江城，城在湖中。此情此景使我自然想起的是诗人郭沫若的诗句："远远的街灯明了，好像闪烁着无数的明星；天上的明星现了，好像闪烁着无数的街灯……"

朝九晚五风轻云淡的生活，我已经很多年没有去关注那一个个远去的清晨，感谢这群清漂人，是他们引领我等候一个清晨。天空之下，大江之边，一湖灯，一湖城，一湖风，一群人，我感受着重新涌起的蓬勃朝气、黎明的喜悦。

我不敢问刘古军和他的清漂队他们心中的清晨。

进入9月，三峡水库开始每年一度的蓄水，上涨的江水再次淹没消落带，带来很多的清漂物，这是他们最繁忙最辛苦的时段。现在他们正忙着把船上的垃圾转运到车上，再由汽车送去新田垃圾发电厂。平时一般转运五六辆车，现在都在10辆车左右。

"你们每天都这样啊？"

"习惯啦！当年没有今天这么好的清漂设备，垃圾从船上运到车上全靠肩扛手装，手累、脚累、眼累、心累，如今一条条履带把垃圾送到转运车上，轻松多了，我们赶上好时代啦！"

"看着这一车车垃圾运走，你们是不是特别有成就感？"

"成就感？当有一天我们驾着清漂船巡游江面，垃圾舱是空的；当有一天我们驾着清漂船巡游江面，听着音乐，喝着咖啡，轻松地仰望着我们的城市，轻松地漫步我们的江面……那才是我们最大的成就感！"

回答我的是清漂队员刘波，6年前他在青岛上大学，看着异乡的大海、沙滩和海鸥，想着家乡的大江和平湖，不顾家人反对，毅然回到家乡，考进清漂队，成为江上第一个收垃圾的大学生。

刘波说，多年来的清漂生活，在他们清漂队，上至队长，下到用网兜捞垃圾的渔民，他们大脑中都装有一部清漂日志：哪里是洄水沱，哪里有暗礁；哪里水深，哪里水浅；哪个季节吹什么风，哪个时候浪怎么流……随便拍一张两岸的风景，他们都能知道那是哪片江面，因为那些江面他们都去过。

太阳出来啦！初秋的阳光洒在阔爽的江面上，金灿灿的，我的心也如这金波一样，通体明亮。

穿上黄背心，走向特地给我安排的最大一艘清漂船江洁003号。刘古军告诉我，今天值班的有10艘船，大的船上2个人，小的船上1个人。

"不是说你们有200人的清漂队伍吗？"

"没错啊，这10艘船从我们清漂码头出发，我们清漂主江面，我们租用近100艘小渔船，他们清漂岸边附近大船无法到达的地方。"

江洁003号清漂船助手刘松接着刘古军的话，"你们作家不是很会想象吗？在咱们三峡，人们不再随意往长江扔垃圾，沿江几十家污水处理厂，垃圾用船清，江面餐馆的污水我们每天派船去收集，这么算下来，长江上的清漂人该是多少啊？"

船离开码头，一条条漂浮垃圾以"1"字形、"S"形、"U"形和我无法描绘的形状呈现在江面。那么大的船，在51岁的刘古军手下，就如一把灵巧的铁扫帚，船过之处，江面清爽，垃圾顺着履带乖乖进入垃圾舱。碰到一些粗的木棒、大的树兜，助手刘松用铁钩调整履带向上爬的方向，让他们顺从地进入垃圾舱。

一艘长长的滚装船从下游上来，鸣响汽笛，向刘古军和他的清漂船致意。

垃圾舱里垃圾越来越多，初秋的阳光并不都是秋高气爽，阳光照着一望无际的江面，江风丝毫吹不走阳光的炙热。垃圾舱中的味道逐渐升腾起来，那是闷闷的、腐烂的气味，扑入口中鼻中，心里堵得难受。

刘古军看出我的表情，说这个季节是最好的季节。要是夏天，一盆水泼在甲板上，眨眼间就蒸发掉。一个鸡蛋放在甲板上，不一会就晒熟了。至于船上那个味，今天算好日子，要是捞到漂浮的动物尸体，他保证我这个作家将永远不敢上船、永远不敢想船。

趁着这片水域清漂完毕，搜寻下一片水域的时候，我拿起手机给我们三个来个自拍，突然发现本来就已经黑红的我，在他们中间居然也白面书生一回，他们的脸上黑中透着红，红中透着黑，我突然发现饱经风霜一词在他们面前很是片面。我们描写高原人爱用高原红，对这群长江边的清漂人、老船工，我想到的是长江红。

今天却是满眼长江蓝！

秋雨初歇，蓝天白云在天上，碧水清波在江面，新中国70华诞的欢欣在心底。江南江北依山而建的高楼大厦，环拥这湖水，运动场一般守望着这一汪碧水。这汪碧水也如城市大客厅，迎候着南来北往的客人。

"白龙滩不算滩，提起桡子使劲扳，

千万不要打晃眼，努力闯过这一关。

扳倒起，使劲扳，要把龙角来扳弯，

一声号子我一身汗，一声号子我一身胆。

龙虎滩不算滩，我们力量大如天，

要将猛虎牙扳掉，要把龙角来扳弯……"

川江号子从驾驶舱传出来，唱得我热血沸腾。刘古军说，每当他们完成一片水域的"漂情"，走向下一片水域，他们总会吼几段川江号子，一天不唱就心痒，就觉得浑身无劲。

我从他们的号子中听出的是欢乐，听不到惊天动地、惊心动魄，风平了，浪静了，人少了，川江号子少了昔日的悲壮和苍凉，少了昔日翻江倒海的生命激荡，我听出的就是一种发自内心的欢乐和幸福，就是一种心底的歌唱。

船到苎溪河入江口，前几天刚下大雨，加上长江蓄水期的到来，这里出现了一大片垃圾。刘古军和刘松把我叫回到驾驶舱里，说今天有一场恶仗。

注目大片垃圾袋，稻草，玉米秸秆，树叶铺满江面，其中我依稀见到还有一些很大的树根和死猪的尸体……"这么大一片垃圾，光靠你一只船能够完成吗？不叫援兵？"

刘古军和刘松回答我说，"放在过去，这么重的任务，起码要上百人几十条小船来完成，今天你就看我们的吧，我们脚下这个铁扫帚厉害着哩！一个紧握船舵盘，一个操作铁扫帚，左冲右突，就像当年我教书擦黑板一样，不到两个小时，这片水域就水清如初，近30米长的垃圾舱也装满啦！"

刘松抬手看表，已经是中午一点半。说我们赶不上回清漂码头吃中饭啦，我们得赶快吃完方便面，然后赶回码头中转垃圾，清漂队指挥室刚来电话，下午还有好几片清漂水域。

刚才和大家一块儿忙，帮着拿铁钩拉树兜和死猪死羊尸体，辛苦和忙碌让我忘记了一切，现在说到吃饭，闻着垃圾舱飘出的腐臭味，想着那些被水浸泡得近乎皮球样的动物尸体，我再也无法克制，除了呕吐还是呕吐。

我生活在大山里，关于江、关于湖、关于水、关于船，我一直给他们设想了好多层次的幸福生活——比如支一柄钓鱼竿，让长江鱼循线而来；比如船行江面，鱼儿会顺着网兜顺着履带，羞涩地躲进那些秸秆树叶之中走上船；比如面对高峡平湖，甜甜地唱着"洪湖水呀，浪呀嘛浪打浪哟……"

把这些幸福传递给清漂人，他们哈哈大笑，"你们作家真会想。"

船近清漂码头，我看见码头不远处停泊着好几艘船，其中一艘是"鑫洋号"，刘古军说，"这些就是当年他们清漂队的主力船，如今先我提前光荣下岗啦！"

看着那些残破得有些心痛的小船，回想起他们走过的清漂岁月，回想起这些船、这群人掀起的长江清漂国家行动，我觉得这些船应该走进不远处的三峡移民纪念馆，三峡的昨天，三峡的今天，三峡的明天，都不应该忘记这些船、这些人！

中转完垃圾，刘古军征求我的意见，问我是继续上他们的船，还是在码头休息。我看到刚好有几艘小渔船回到清漂码头中转垃圾，我提出到小渔船上去，我应该走进这些不是国家队的"国家队"。其实内心深处我怕回到江洁003号，一看见那艘船，就想到那些味，就牵肠挂肚地想呕吐。

刘古军和刘松启动马达，奔向下一片清漂水域，我突然想起我还有一个重要的问题，一辈子川江行船，离开了这条江，他们将会干什么？

船走远了，一路浪花……

走上渔民熊人见的小渔船，走进船舱，一床一桌一灶一桶一罐，整洁有序。

我看桌上的饭菜，床上的被子，舱壁的空调，显然这不仅仅是夫妻二人午休的场所，难道他们生活在船上？

询问挟裹着浓烈的好奇表达出来，他妻子秦渔明笑了起来，渔民不住在船上，还叫渔民？我们上百艘小渔船都是"夫妻船"，哪家不是住在船上？她说他们在岸上有房子，房子在黄柏街上，一年住在街上的时间总的加起来不到 30 天。

床，桌，灶，桶，对于一个水上的家，我明白他们的要义，对那个床脚的罐，我确实想不出它的实用意义。

秦渔明笑了，"你过去闻闻。"

"酒！？"

"驾船可以喝酒？"

秦渔明开心地笑起来，"离开了酒，还叫川江桡胡子？"

"桡胡子？！"

秦渔明告诉我，桡胡子是川江船工的统称，古时川江人挖空树干做成独木舟，后来变成大大小小的柏木帆船，靠划"桡"来行船。胡子是川江对男人的别称，划船的男人当然就是桡胡子。也有叫船拐子、船板凳儿、船拉二、扯船子。其实桡胡子里面也有很多不同的分工，根据工作岗位，在桡胡子里就有很多分得很清楚工作岗位的称呼：前驾长（撑头）、后驾长、二篙（闲缺或二补篙）、撑竿、提拖（爬梁架）、三桡（抬挽或结尾）、烧火（杂工）、号子、头纤（水划子）、桡工（纤工）、杠子（岩板）等。

我没有见过秦渔明讲述中的桡胡子，关于桡胡子的记忆大多来自一些影视作品和作家们的文稿中，特别是当年那首风靡全国的歌《纤夫的爱》，感觉他们是这样一个群像：不管寒冬酷暑，身子匍匐着背负长长的纤藤，在"嘿哟、嘿哟"的号子声中艰难前行。桡胡子一会儿上岸，一会儿在船上，时常涉水，衣服打湿后，做活和行走都不方便，而且冬天裹着湿衣更冷，也容易生病，他们只好常常赤裸身子。"船板凳儿不穿裤，当门搭块遮羞布。"这句民谣就是说他们的。

讲完这一切，秦渔明指着船尾驾船的丈夫，指着要我看他腰间，原来腰间不知什么时候多出一个酒葫芦。

我说刚才在码头没有看见酒葫芦啊？

"刚才不是刘队长在那里吗？"

我听老川江人讲过，酒是桡胡子的命，每个桡胡子的家里、船上都放有一个泡着药酒的大瓦罐，从来不会干过。桡胡子什么都可以不要，唯独这个瓦罐不能不要。川江上有两句很悲壮的话：桡胡子是死了还没有埋的人，挖煤的是埋了还没有死的人。桡胡子回到家中，老婆（川江上叫佑客）总会想方设法弄几个下酒菜，几杯酒下肚，红堂堂的脸上泛起水一般的光泽，疲劳和寒气全跑了，那个关于埋关于死的沉重，变成如雷的鼾声……

当桡胡子随着船随着江永远走了，佑客抱起那只大瓦罐，扔进长江，默默地养大儿女。儿子大了，送到江上当桡胡子。女儿大了，嫁给桡胡子……

船到万达广场，这是夫妻二人下午的清漂水域。秦渔明告诉我，机械化船效率高，我们的小渔船灵活，江心水面归大船，码头船只旁、岸边浅水处、小河道水面，就是我们小渔船的天下。

我想起了清漂队休息室墙面上有一幅字：江清岸洁。我突然明白江是怎么清的，岸是怎么洁的。但是有一点是桡胡子们没有想到的，过去他们撒网江水之下，今天他们手握网兜，关注江面之上。

我要求走出船舱，秦渔明抓起船舱上的安全绳系在我身上，自己走进船舱找了一根尼龙绳把自己捆上，拿起网兜开始舀着岸边的垃圾。

上午好几艘清漂船扫过江面，下午江面的漂浮物明显减少，秦渔明两人没忙一会儿，一大片水域上零零星星的垃圾都舀完了。妻子叫丈夫靠岸，说岸边公路下方有些垃圾，要上岸去捡回船上。

熊人见关了马达，握紧酒葫芦，美美的来上几口。

我问熊人见，"你们清漂一天给你们多少钱？"

"稍微大一点的渔船120元，小一点的100元。"

"这么一点，怎么养家糊口？"

"2020年后长江要禁渔10年之久，你们怎么办？"

"船到桥头自然直。"

"我们这些桡胡子的后人现在不是已经改行了吗？"

熊人见又抿了几口酒，我看出的不是红光满面，而是显然的茫然。

"你们不能换一个挣钱的工作？"

"我们夫妻二人读书不多，祖祖辈辈在江边，除了打渔清漂，我们还能干些什么，再说这份工作总得有人干。"熊人见说，"在长江上打捞漂浮物，今天叫清漂，当年叫'捞浮财'，捞到的枯枝败叶当柴烧，捞到木棒什么的建房屋。当年'捞浮财'是为自己，今天清漂是为长江为城市为国家。"

热爱长江，热爱工作，那是我们这些文人片面的抒情和描述的浅薄，这世上，没有一份十全十美的工作；这世上，也从来没有一份工作是用来享受和永远风平浪静一帆风顺的；这世上，所有的工作都经不起推敲和都构不上诗意，都藏着委屈，只有内心的祥和满足，只有心中不漂满垃圾和尘埃，就像清漂人踏波而过的江面，才有人生的江清岸洁。

看见秦渔明在岸上忙着捡拾垃圾，滨江路边漫步的人们走下滨江路，纷纷帮着她清扫岸边的垃圾，帮着抬着垃圾筐走上小船。

江水上涨，湖与路平，船比路高，那著名的西山钟楼就在手边。

熊人见启动马达，赶回清漂码头中转垃圾。船行江中，大江两岸街灯亮起，城映湖中，湖照江城，一湖水，一湖灯。

熊人见取下酒葫芦，仰头又是几口，然后会心地交给妻子——

"喜洋洋闹洋洋，江城有个孙二娘，

膝下无儿单有女，端端是个好姑娘，

少爷公子他不爱，心中只有拉船郎……"

听着桡胡子丈夫的川江号子，秦渔明打开船舱里所有的灯光，小小的船舱通体明亮，就像她满脸美滋滋的笑容。对于依山而上的灯光，这方船，这方舱，绝对是城市最低处的灯光，但是它温暖、明亮、幸福。生活就是一条上下波动的五线谱，有些高，有些低，这是自然的旋律，这是生活的交响。

妻子秦渔明从船舱中取了一件衣服，走向船尾，披在丈夫身上，"少喝点酒！"

我突然发现，我们这些所谓的文人，总用文人的潜意识为生活中的人们赋予一些象征的意味，其实这种赋予是无效的。街道需要人清扫，车好走，人好走。大江需要人清扫，船好走，水好走。这才是现实的真切，这才是生活的现场。

"无论风从哪个方向吹，

浪总会朝我扑来……"

诗人哨兵的诗句说得很实在，不仅仅关于风，关于江，关于浪——

从背包中取出酒来，倒进碗中，敬给这些川江上桡胡子的后人们，我们在一条古老的江上。"无边落木萧萧下，不尽长江滚滚来"，古人早就说透一切。

江清岸洁，人清气爽，大江奔流。

录上他们的川江号子，发在朋友圈，愿川江号子的力量荡去我们心中所有的伤痛所有的阴霾——

没有闯不过去的滩……

想起一个问题，打断秦渔明的笑容，"你为什么看上这么个桡胡子？"

秦渔明笑了，"我爹也是桡胡子！"

码头近啦——

（作者简介：文猛，真名文贤猛，中国作家协会会员、重庆市作家协会主席团委员、重庆市万州区作家协会主席。1989年开始文学创作，已经在《人民日报》《散文》《山花》《北京文学》等报刊发表散文小说600多万字。出版有《山梁上的琴声》《远方》《三峡报告》等多部著作）

正金秋

再访高峰

邱秋

八

一

汽艇航行在嘉陵江上，船头激起的高高浪花不断洒向两旁。

正值秋高气爽时节，蓝天白云，层林尽染。人立船头，江风拂面的感觉让人十分惬意。极目四望，两岸青山一江碧水尽收眼底。

渐渐地，一线绵延的山影出现眼前，座座熟悉的峰峦让我心头一跳：这不是高峰村吗？随着那片熟悉的山水越来越近——我对当年这个贫困山村的印象又清晰起来。

那是七年前早春二月的一天，我来到位于嘉陵江边的高峰村采访。

之前，曾有记者在一篇新闻中对当年高峰村现状作过相当准确的描述：

"高峰村，地处武胜县烈面镇东北部的西关半岛，距县城30公里。这是当年武胜县最偏僻的山村之一，山高沟深，石多土少，多年的水土流失让这里的生态环境不断恶化。连片的低矮丘陵，加之位置偏远，农业规模化发展严重受限，在2015年以前，全村没有一个致富项目，没有一个增收产业，是'穷'名远播的贫困村。"

记者强调的是这里穷，而在我眼中这里除了穷，还很脏很乱。

第一次去高峰村的情景至今记忆犹新：走进山村，映入我眼帘的是，房屋破旧，道路狭窄，污水横流，遍地泥泞；鸡鸭猪狗满地乱跑，牲畜粪便随处可见，生活垃圾到处堆放，长满杂草的沟渠，污水直排嘉陵江；从我身边走过的村民也无精打采，萎靡不振。

这就是当年高峰村留给我的印象——高峰村能成为省级贫困村真是名

副其实。

那次采访结束，我在笔记里这样记道："扶贫解决温饱确实重要，在解决温饱的同时，建立长效机制，既让老百姓有稳定的致富门路，又能通过扶贫，真正实现人居环境的改变，精神面貌的改变，生活质量的改变，应该是我们扶贫的最终目的……"

转眼七年过去，今天的高峰村怎样了呢？为寻这个问题的答案，借这次"川渝作家环保行"采访活动，我又专程去了一趟高峰村。

高峰村何谓"高峰"？乃因古时村内最高山峰世坪堡上曾建过庙宇一座，人称高峰庙。缘于此，人们便将此地叫作高峰村。

高峰村，地处嘉陵江太极湖畔。

所谓太极湖，其实并非真正的湖泊，实为嘉陵江武胜流域的一段江面，就在高峰村所在的烈面镇境内。当千里嘉陵一路奔涌进入武胜，便沿东关沱、西关沱左环右绕，盘曲成一阴阳太极图形。空中俯瞰，十分逼真。尤其自嘉陵江上建起了东西关水电站，水位升高，江面若湖，烟波浩渺，更显辽阔壮观，遂成一极佳旅游胜地。太极湖的名字便愈加响亮起来。令人称绝的是，高峰村正好处在那太极图阴阳鱼的鱼眼位置。

这次到高峰村，眼前的一切让我感慨不禁。昔日尘土飞扬的山村一改往日旧貌，变得井然有序。血橙园，郁郁葱葱，金黄的果实挂在枝头；莲塘里，枯荷支支，秋风中诗意盎然；焕然一新的座座民居，在一派青绿中格外耀眼，原先的残破景象荡然无存；一条水泥公路蜿蜒平整，在村中缓缓延伸。

沿着公路下一道缓坡，便是烟波浩渺的嘉陵江。这里江面开阔，水流平缓，堪称天然大钓场。不少来自外地的客人或站或坐正专心垂钓，那神情悠闲自得，超然于物外。

就是这道江湾，曾出现过武胜有名的古景"沙燕闹春"。每到春暖花开之际，这里会聚集数不清的沙燕，在江面上穿梭飞翔，景象壮观，十分神奇。现在奇观虽然没能再现，却有群群白鹭在江面上翩翩飞翔，它们时而昂首展翅，时而俯冲水面，让人感觉这里的生态环境有了很好的改善。

漫步江岸，脚下是一条两米宽的沥青彩色步道，道旁柳枝轻拂，树竹葱郁，茂密的苇荡里，芦花似雪，摇曳风中，在秋阳下闪闪发亮。村里沟渠纵横，流水淙淙，清澈见底。

这些过去看来十分寻常的东西，今天却成为道道景观，将一个小小山村装点得如诗如画。

望着江畔景色，清朝年间一个叫王镛的武胜人写的一首诗又浮现在我的脑海：

日影黄昏路影迷，

纷纷唤渡白沙堤。

春江水暖船行缓，

夹岸山高水照低。

钓罢人归鱼乱跃，

鞍劳客倦马长嘶。

招招舟子知何处？

小鲁亭东苦竹西。

诗人名气不大，但笔下嘉陵江畔的乡村美景却也生动优美，这诗仿佛就是为眼前的高峰村而作。

时隔数年，高峰村这个嘉陵江边的小小村落真的变了，变得美丽，变得诗意，变得迷人了。

二

高峰村的变化是从 2015 年开始的。

这一年，帮扶高峰村这个省级贫困村脱贫攻坚的工作落在了广安市人大办、市国税局和市政务服务中心肩上。

按照"精准扶贫、精准脱贫"的要求，当年的目标十分明确，那就是：全面加强基础设施建设，大力发展富民强村特色产业，加快建设幸福美丽新村。

三年艰苦奋战，三年心血倾注，高峰村脱贫攻坚战役取得重大胜利。这个昔日贫穷落后的山村，在市人大办公室等帮扶单位及扶贫工作队的精心组织与实施下，基础设施大改善、特色产业大发展、村容村貌大变样、群众收入大增长、村级治理大提升。2018 年，高峰村顺利实现了贫困村退出和贫困户脱贫的基本目标；2019 年，该村被四川省委政法委评为"省级六无平安村"。

无疑，在这场没有硝烟的脱贫攻坚战役中，高峰村交出了一份骄人的成绩单。

而在我看来，高峰村在全面加强基础设施建设，大力发展富民强村特色产业，脱贫致富取得成就的同时，还实现了人居生态环境的保护和改善，让一个幸福美丽的新村出现在嘉陵江畔。

与时任广安市人大常委会主任的余仪同志聊起高峰村的扶贫，余主任深有感触："在进驻高峰村帮扶之初，我们就对怎样在高峰村实施扶贫进行了反复讨论，形成了一个明确的认识，那就是，脱贫攻坚不能仅就脱贫说脱贫，不能忽略生态改善和环境保护，一定要遵循'绿水青山就是金山银山'这一理念，结合美丽幸福乡村建设，把环境保护纳入扶贫之中，将村里的自然生态保护和人居环境改善放在重要位置来统筹考虑。正是有了这个认识，我们在高峰村一直把加强生态文明建设作为实施扶贫的重要内容，提出了建设'洁净高峰、优美高峰、生态高峰'这样一个响亮的口号。"

这些年来，高峰村就是在这样一种环保理念下开展扶贫，实施乡村振兴工作。

下面的这组数据最能说明高峰村在环保上所下的功夫：

2015年以来，高峰村先后投入资金56万元，植树造林200亩；栽植行道树2000株；建污水处理站一座；垃圾池12个；同时常年开展环境卫生整治，村容村貌得到明显改善。为后来的乡村振兴战略实施打下了坚实的基础。

是的，这些年来，广安市人大在帮扶高峰村时，一直是在践行着"绿水青山就是金山银山"的理念。打造东西关钓鱼城风景区，依托嘉陵江丰富的旅游资源、渔业资源这一优势，发展垂钓＋乡村旅游产业。他们的柑橘产业、稻田养鱼、厕所革命、垃圾集中、污水处理等，无不体现着人与自然和谐共处的理念，体现着绿色经济的发展特色。

2015年，在如何为高峰村选择适合的扶贫项目，确保高峰村稳定脱贫的问题上，市人大常委会主任余仪同志多次到高峰村调研、考察、论证，结合高峰村的光、热、水、土、地貌等自然资源禀赋，确定了发展既适宜当地自然条件又有高经济价值的晚熟柑橘项目。

"我们在高峰村发展柑橘项目，必须按照现代农业发展要求，实现基地规模化、种植标准化、管理园艺化、品质有机化，还要注重生态环保。"这是余仪主任在高峰村主持召开座谈会时的一段讲话。

说起当时的情况，高峰村党支部老书记王先知记忆犹新："当时为什么要选择柑橘在村里种植？这其中有一个重要因素，那就是种植柑橘是绿色生态模式。"余主任有一个想法，高峰村今后要实施养殖场＋沼气池或有机肥厂＋柑橘园的模式，让规模化的柑橘园与规范化的养殖场相结合，利用腐熟净化的畜禽粪便，既能化解养殖粪便污染，又为柑橘种植提供了有机肥源。这种绿色生态模式，可以有效协调养殖粪污与农田环保的矛盾，促进柑橘和畜牧业的发展，同时还能克服化肥农药对环境的污染和残留，让嘉陵江得到很好的保护。

　　那一天，余主任带着高峰村支"两委"和扶贫工作队的同志来到嘉陵江边，望着滔滔江水语重心长地说："这条嘉陵江一湾碧水多好哇！它是我们扶持高峰村脱贫的依托，一定要保护好，利用好，要让高峰村山清水秀，成为这嘉陵江边的一颗闪亮明珠！"

　　老书记的讲述，让我感受到了帮扶高峰村的领导对生态环境保护的重视，也看到了高峰村人一贯长远的眼光。

　　老书记告诉我，那次，余仪主任与高峰村干部群众商定，在全村规模化种植500亩晚熟柑橘，并将发展时间表、任务书一一明确：2015年9月底完成土地整理，10月15日前全部种植完毕……

　　那一年，全村共栽种了两万株柑橘苗，高峰村从此有了自己的第一个村级特色农业项目。

　　来到血橙园，眼前是一望无际的绿色橘海，黄澄澄的血橙已经成熟，挂在树上就如个个色彩鲜艳的小灯笼。

　　老书记指着橘园说："这片桔园几年前就挂果了，集中种植的柑橘树一棵能产百多斤，村民自己栽种的也能产好几十斤，味道很甜，外形也漂亮，特别好卖！抢手得很！"

　　徜徉于血橙园中，真有一种心旷神怡之感。橘林深处不时传来阵阵说笑声，好不热闹。老书记说，很快就要开园采摘了，村民正忙着准备收获。我走了过去，分享着村民们丰收的喜悦。看着他们开心的神情，听着他们欢快的笑声，我被他们的情绪感染了。

众人中有一位老人叫彭治祥，我和他坐在一棵柑橘树下聊了起来。这位在高峰村生活了70多年的老人，过去生活很困难，艰难的日子让他成天唉声叹气。脱贫终于让他苦涩的脸上泛起了笑容。问起他对现在生活的感受，他乐呵呵地告诉我："以前愁，那是因为穷，如今在柑橘园里打工，一年能收入上万元。今年已经挣了8000多块，都存在银行里，吃穿不用愁了！"

交谈中，我发现这位老人对柑橘的管理很懂行，讲科学。一问，原来他经常自学柑橘种植技术。和他聊起柑橘的养护，他滔滔不绝。怎样锄草、如何除虫、施多少肥，娓娓道来。他告诉我："果实在膨大期时，一定要注意防止'果实药害'，避免使用浓度过高的农药。这也是环保的需要。"

"这也是环保的需要。"一个七十来岁的农民，居然能够说出这样专业的术语，真的让我有些意外。我问他："你咋知道这些呢？"老人说："村上经常请技术员来开讲座，我自己也看了一些农技方面的书，所以晓得一些。"

老彭的话让我感慨顿生，让我感受到了在高峰村这个偏僻的小村落里，环保意识已经在村民中开始形成，这实在是一件令人高兴的事情。

和我交谈时，老彭脸上一直洋溢着暖暖的幸福感，这幸福感来自高峰村产业发展带给他的收获，似乎也来自我对他所掌握环保知识的赞誉。

柑橘项目的实施，为高峰村发展产业，摆脱贫困开了一个新局，也让驻村工作队和村支"两委"对全村农业项目的发展有了一个更明确的思路——突出特色优势，发展既能稳定增收又很环保的农业项目。

何谓特色？如何稳定？高峰村的回答是：靠山吃山，靠水吃水，依托位于东西关水库库区、太极湖岸的独特地理位置，以生态环境优美的独特优势，在柑橘种植的基础上，多渠道发展环保农业项目，并向生态旅游项目拓展。

2016年10月，高峰村调整养殖业结构，将眼光瞄准渔业和休闲垂钓产业，发展东西关钓鱼城项目，探索农旅结合的路子；

2017年3月，高峰村调整种植业结构，发展莲藕项目，规模化种植莲藕120亩，进一步丰富农旅结合的内容；

2018年建立村办集体企业——武胜县西关农业开发有限公司，实施晚熟柑橘、"垂钓+"项目，引进业主经营管理，加快培育项目经营主体，使村集体经济实现持续稳定的收益；

2019年引进业主流转土地90余亩发展澳洲龙虾养殖；

2020年流转土地150余亩，发展稻田养鱼。

项目发展一个接一个，村民的收入也在持续快速增长。

曾任村第一书记的人大干部刘伯林给我讲述了村里稻田养鱼养虾的情况。

由于相当数量青壮劳力外出打工，高峰村常居人口多为留守老人和儿童，大量土地闲置，是名副其实的"空心村"。村委会想，如能让闲置的土地利用起来，发挥作用那该多好啊！于是从2018年开始，高峰村以土地流转的方式搞起了稻田养鱼养虾。

稻田养鱼养虾，是农村较普遍的一种养殖方式，既可获得鱼虾产品，又可利用鱼虾来吃掉稻田中的一些害虫杂草。鱼类排泄粪肥，翻动泥土，还可促进肥料分解，为水稻生长创造良好条件，既增粮又增鱼，而且减少了稻田化肥、农药的使用，非常有利于生态环境的优化。推广稻田养鱼养虾，深得村民欢迎，很快见效。村里的人告诉当时还在村里任第一书记的刘伯林说:"这个稻鱼稻虾好得很,以前看到这些闲置的土地就心疼,现在一流转,我们既能拿到流转金又能在村里打工,收入增加了不少。"

群众的欢迎态度让刘伯林倍感欣慰。在他看来,稻田养鱼养虾既利用了村上闲置土地,又让老百姓有可观的收入,还非常环保,这样的事怎样做都值得。

2016年11月,经严格检查验收,高峰村已脱贫的50户182人退出贫困人口序列;2018年,剩下的6户9人也实现脱贫。

增收项目越来越多,村民要么自己发展,要么在项目基地务工,今天的高峰村人,兜里有钱,脸上有光,生活有盼头。

而在我的眼里,给老百姓带来增收的项目都是非常生态环保的产业。无疑,这些产业的发展,还会给村民们带来更多经济上的红利收益,尤其会进一步增强村民们的环保意识,让爱护环境,保护生态的意识成为他们的一种自觉。

三

　　高峰村，有一位文艺爱好者叫彭寿权，几年前，他曾写过一个快板，反映高峰村的环境卫生现状。他是这样写的：

　　"……门前堆的乱谷草，屋后码的苞谷梗；墙边一堆尿窖灰，墙角几泡猪儿粪；板凳上面是尘土，饭桌上有鸡脚印；蚊帐蹬到床中间，尿桶放在床当门；猪圈厨房在一起，风箱伴着猪叫声；灶头上面跑蟑螂，咸菜碗里落苍蝇；地坝外面阳沟凼，一年四季污水坑；三天五天不扫屋，渣渣缠到要踩人……"

　　无疑，作为村里的文化人，老彭对当年高峰村的描述是有切身体会的，真实准确地道出了当年高峰村落后的特点，与我初来这里所见相同。

　　但是，今天的高峰村，已旧貌换新颜，处处洋溢着浓郁的文明气息：昔日泥泞的道路变得干净整洁，破败的房舍变得焕然一新，四处乱扔的垃圾已不见踪影，宣传栏里内容丰富，文化生活五彩缤纷，村民的思想素质越来越高。

　　高峰村有一位叫张秀平的建档立卡贫困户，《广安日报》曾介绍过他的故事。见到这位村民，和他聊起高峰村的环境变化，张秀平连连赞叹："变好了，变好了，变得好多了！以前，我们这里的人住的房子条件差得很，到处都是大洞细眼，屋里灰尘厚厚的，久而久之也懒得打理。生活垃圾多了，就直接扔在大路边，丢在沟渠里，老远老远都能闻到臭味。一下大雨，这些沟渠里的脏东西就跟着雨水冲进嘉陵江，把嘉陵江都给污染了。现在房子好了，条件好了，屋子脏了及时打扫，哪个还愿生活在那灰扑扑的房子里哟！村上的干部一直宣传环保，不能乱扔垃圾，不能乱倒脏水，要保护好母亲河嘉陵江，造福子孙后代。对的，对的，这样子生活才舒服，才有味道嘛！"

张秀平嘴里蹦出的"母亲河""环保"这些词和前面彭治祥一样，又一次让我诧异。一个偏僻小山村的农村人居然也知道环保，知道保护母亲河嘉陵江了，真的令人刮目相看。

2018 年成为易地扶贫搬迁户的张秀平住进了新房。条件好了，他十分珍惜自己的生活环境，生活习惯也有了改变。他对人说："现在起床第一件事就是准备早饭，然后打扫房间、整理院落……垃圾也不乱丢乱放了。你看，这环境多好，干干净净，清清爽爽。环境变好了，心情都要舒畅些。"

当年的高峰村，祖祖辈辈过的都是一种很传统甚至是可谓原始的生活。千百年来，村民家里的厕所都是那种简陋的旱厕，要么和猪圈在一起，人畜共用；要么"一个土坑两块砖，三尺土墙围四边"。这种旱厕不但气味难闻，而且一到夏天就苍蝇蚊虫四处飞，极不卫生。但是祖祖辈辈都是这样生活过来的，大家也习以为常，没有谁会想到去改变。

脱贫攻坚开始，推进"厕所革命"成为高峰村改善人居环境的重大民生工程之一，也是实施嘉陵江和水环境改善及保护的一项重要任务。村干部们和扶贫工作队更把这项工作看着是培植文明乡风的一块"试金石"。

一场轰轰烈烈的"厕所革命"后，旱厕在今天的高峰村已成历史。村里家家户户都安上了抽水马桶，手一按，脚一踩，水一冲，既干净又卫生，再也没有难闻的臭味了。

为了解真实情况，我随机找了几位老乡家实地查看。果然，家家厕所都得到了改造，乡下人也和城里人一样过上了卫生健康的现代生活。

采访中，高峰村党支部副书记王兵告诉我，高峰村的旱厕改造，对于村民来说，真的是一场革命。它让老百姓逐渐认识到现在生活好了，日子应当怎样过才有质量，有品位。过去那种落后的生活习惯也要在这卫生条件的改善过程中逐渐得到改变。

《广安日报》的一位记者在采访了高峰村后，颇有感受："小康不小康，厕所算一桩。"他这样写道："厕所改造、垃圾处理、乡村公路建设等一系列举措，使高峰村的人居环境实现了从'脏乱差'到'环境美'的蜕变。乡村文明被有机地融入到高峰村人居环境的整治中，全力打好农村环境整治攻坚战，加快补齐农村人居环境短板，不仅让乡村环境有了质的提升，还引导村民形成了生态文明新风尚，让广大村民共建共享天蓝、地净、水美的人居环境。"

其实，在这场环境改善和保护过程中，也并非没有遇到过阻力。传统的习惯要想在短期之内得以彻底改变，那是不可能的，必然会有一个艰难的过程，更需设计一个有效的督促机制。

高峰村在这方面有自己的办法——"红黑榜公示"，这成为村委会改变村民陋习，促进他们自觉走向文明的一个有效办法。

我听到这样一个真实的故事。高峰村一位彭姓村民，对环境改造和保护不以为然，态度不积极。他觉得农村人又不是城里人，讲究什么环境嘛！没意思。祖祖辈辈都这样过来的，现在来什么改造，实在是多此一举。

在村上的一次评比中，老彭的名字"荣"登"黑榜"。听说之后，他悄悄地跑到公示栏前远远看了一眼，确实榜上有名。他心里又气又恼，本想发作，但听见一旁的村民正在议论这事，几乎众口一词，都是在批评他。老彭脸上烧呼呼的，红一阵白一阵，连忙掉头回家。

一路上他暗自来到四邻的村民院子查看，家家户户窗明几净，整整洁洁。一走进自己院落，到处乱堆乱扔，遍地的鸡粪鸭粪臭烘烘的。想到邻居的院子，看看自己的院子，老彭有些不好意思了。在台阶上独自呆坐了很久，左思右想，终于拿起扫帚清理起自己的院子来。

这老彭后来对人讲："唉，我遭上了一次黑榜，真是太丢人了！开始还有些想不通，现在明白了，想通了。新农村，新生活，以前的习惯是该改改了。从那时起，我也天天打扫卫生，把院子及房前屋后都打扫干净，把房子收拾整洁，还是想争取上红榜！"

"红黑榜"公示牌，成为高峰村村民的聚焦点。每隔一段时间村上就会让全村人都来参与评分，环境卫生、干净整洁、家庭和睦、孝老爱亲的村民一个个都上了红榜；个别不热心公益事业、环境卫生脏乱差的村民则上了黑榜。

"红黑榜"让村民们了解了自己村子的情况，既从中学到了先进典型，也看到了自己存在的差距。这种大张旗鼓弘扬正能量，旗帜鲜明批评不良行为的做法，在高峰村形成了相互教育、相互监督、相互管理、相互提升的良好氛围，有效促进了民风、家风、村风向上向善发展。

今天的高峰村，家家户户都会在房前屋后种上一些绿植花卉，或青藤爬满院墙，或鲜花绽放庭院。生活好了，人的需求也更丰富，城里人的一些生活情趣在今天的高峰人生活中也开始体现出来，文明的习惯让高峰村人的生活质量大大提升。

过去高峰村垃圾遍地，除了习惯使然，也有一个卫生设施缺乏的问题。村委会积极为村民们创造良好的卫生条件，专门修建了垃圾回收点，让生活废弃物有地方收集；过去污水横流，直排嘉陵江，现在村上又建起了污水处理站，铺上了管网，让家家户户的生活污水有地方可排，及时得以净化处理。村委副主任邹世敏指着污水处理站说："这个处理站我们都是专人管理，这些年一直运转正常。"

我特意悄悄找了几条原先的排水沟渠认真查看，这些沟渠现在都没有污水直排嘉陵江了。

环境的改善，促进了生活的文明。环境美了，人们的思想、生活习惯也会随之改变，为人处世也更有礼貌。一位记者曾谈起他在高峰村采访时的一个细节，他说，以前村民彼此见面基本无事就互不搭理，现在见了面都会热情地打招呼。对此，高峰村党支部副书记王兵感受更深。他说，这个变化非常明显。近年来，村上围绕移风易俗，建设乡风文明等重点工作，制定了村规民约，以破除陈规陋习，树立新风正气，培养村民积极健康、文明向上的生活情趣。乡风文明正内化为村民的自觉行动，并逐渐成为村民们的家风。以环境改善与保护来推动乡风文明、以环境改善与保护作为培育文明新风尚，激发群众脱贫致富奔小康，自觉建设美丽家园的内生动力，在高峰村已成效初见。

这让我又想起了彭寿权老师的快板词：

"……高峰村，高峰村，隔三岔五要吵架，三天两头要扯筋；张家猫儿被人偷，王家狗儿不见影；李家掉了嫩苞谷，赵家丢了红苕藤；晚辈说老不贤惠，老人告小不孝顺；今天这家要分家，明天那家要离婚……"

老彭的描写，确实生动，也是事实，但在今天的高峰村，这些都成为不光彩的往事了。

既要"面子"美，又要"里子"实，已成为高峰村干部群众的共识。如今的高峰村，环境干净整洁，邻里关系和睦，生活富裕殷实，处处吹拂着文明之风。

四

七年前我来高峰村采访，当时的村主任老王在我离开时，拉着我的手说，你们这次来，进村的公路还很烂，因为村里的改造工程还没完成，再过几年你们来，一定会是另一番景象。

今天，如约再访高峰村，我确实见到了老王所预言的情景，高峰村公路畅通，且通到家家户户门前。有人对全村现有公路里程做了一个统计对比，高峰村全村拥有乡村公路里程近20公里，人均拥有里程为全广安市之最。为此，《广安日报》记者曾写过一篇通讯，现录其一段：

"老王，买了些啥子好吃的？"

"今天孙女过生日，我称了几斤肉，还买了个蛋糕，准备给她做顿好吃的。"

8月25日上午，武胜县烈面镇高峰村村民王先云骑着三轮车赶场回来，行驶在平坦宽阔的乡村公路上，热情地和村民打招呼。

"现在交通改善了，环境变好了，这样的生活，以前想都不敢想。"提起近年来村里的变化，老王感慨万千。

6年前，全村没有一条硬化路。

"2014年之前，村里没有一条硬化的公路，唯一的一条通村公路还是坑坑洼洼的泥结石路。"王先云说，除了一条烂路，全村人出行就只有靠轮渡。"出行靠船，非常不方便，尤其是得了急病，只有干着急。"回忆起当初的情景，王先云不禁连连摇头。

王先云讲起了20世纪90年代他家盖房子的事。"好不容易盼到盖新房，到镇上找了匠人，买了建材，到村口工人却不干了，为啥？因为建材拉不进来。"王先云无奈地说，路实在太烂了，一大堆建材就算动用人力都扛不进来，更别说交通工具。

村党支部副书记王兵向我介绍，高峰村距武胜县城30公里，濒临嘉陵江，东、西分别与岳池县镇裕镇、南充市嘉陵区土门乡隔江相望，南、北分别与烈面镇楼房沟村、白云村交界。路难走，车不通，产业自然发展不起来。改变交通不便的状况，这是高峰村人多年来最迫切的期盼，也是扶贫工作队的决心。

2015年，市人大常委会余仪主任在高峰村调研时，对该村"没有一条硬化路，唯一一条通村公路还是泥结石路"的现状十分忧虑。他志在必改："大家放心，常言道，要致富先修路。这次扶贫，一定要多修路、修好路，以此来推进高峰村的基础设施建设。因为路通了，老百姓致富才有希望。"一字一句，掷地有声。

在市人大常委会办公室等帮扶单位的支持下，2015年高峰村争取到了用于修路和发展产业的扶贫专项资金100万元。这年10月，施工队进场施工。按照"同工同劳"的原则，高峰村让村民也参与到修路中来，在修路的同时监督工程质量。

村民们很积极，有的村民每天一大早就来到施工现场，一面准备工具，一面查看工程进度和发现施工中出现的问题，商量解决。为修好这条路，他们常常早出晚归。因为在村民们心里，这路不仅仅是一条普通的水泥路，而是全村人脱贫致富奔小康的希望之路、幸福之路。

2016年底，高峰村第一条通村干道水泥路建成；2018年底，该村实现全村各组各户通水泥路，彻底结束了"晴天一身灰，雨天一身泥"的历史。

村民说，以前去镇上，走路至少要花一两个小时，道路坑坑洼洼不说，有些路段还很危险。现在，骑三轮车到镇上，20分钟就到了，真是太安逸了。

道路修好了，村子旅游业也发展起来，不少村民吃上了"旅游饭"，日子过得一天比一天好。

除了道路，高峰村村民的住房也是曾经困扰他们的主要问题之一。

70多岁的村民王远学长年住在土坯房里，由于年久失修，这房子破旧不堪。"每逢下雨，我就要用盆子来接雨，麻烦得很。"王远学对人说。

2018年，王远学被纳入危房改造户，根据相关政策，在村支"两委"和驻村工作队的帮助下，在他的旧房原址上建起了35平方米的新房子，圆了他多年来的"安居梦"。

住进梦寐以求的新房，王远学逢人就夸党的政策好，他说："房子虽然小点，但设备齐全，水电全通，刮风下雨再也不用担心了。"

如今，行走在高峰村，村容村貌焕然一新，一栋栋新房错落有致，一条条硬化道路连接到各家各户，文化广场上常年有村民文娱活动的身影。生产生活条件的改善，也带动了村民思想观念的巨大变化。

五

千里嘉陵江日夜奔流，水流脚下，看得到却用不着，这曾是高峰村村民的心头之痛。744个连绵的山头，是高峰村的贫困之源，也是脱贫路上难越的一道坎。

可如今滔滔的嘉陵江水、连绵的山岗峰峦、曲折的羊肠小道，都成了高峰村独特的资源优势。

高峰村脱贫攻坚规划中，一个重要任务就是将武胜太极湖国家水利风景区东西关钓鱼城项目作为高峰村旅游扶贫的重点项目，逐步建成一个集垂钓、休闲、旅游、康养等多功能于一体的特色风景区，把村民眼中的"不可能"变成"致富路"。

如前所述，高峰村位于嘉陵江东西关水库库区的太极湖岸，嘉陵江流经高峰村5个村民小组，沿江岸线3公里长，这里鱼类资源丰富，自然生态环境优美，具有发展沿江休闲垂钓的独特自然条件。

"在高峰村扶贫，不能脱离高峰村的实际，一定要根据高峰村独有的生态资源来制定符合实际的脱贫规划。"这是市人大常委会余仪主任在多方调研考察后作出的决策，这一决策的产生并非随意所言，而是基于他对高峰村以前实施的一系列扶贫项目成效不甚理想的现状的反思。从2015年指导联系高峰村脱贫攻坚工作开始，余仪主任就反复强调，市人大在高峰村扶贫，一定要坚持实事求是的原则，因地制宜制定脱贫规划，一定要符合高峰村的实际。

符合实际的前提是先了解实际。为充分摸清情况，余仪多次来到高峰村，用脚步丈量村里的土地，用心聆听群众尤其是贫困群众的发展诉求。经过多次实地调研和专家反复论证，高峰村发展规划终于出现在人们面前：充分利用嘉陵江太极湖独特的资源优势，瞄准"垂钓+"项目，着手发展东西关钓鱼城，带动发展旅游、休闲、度假、运动、康养等项目，打造多功能特色风景区。

村党支部老书记王先知说："市人大常委会办公室将县旅游局、农业局、水务局这些部门请到村上，多次在院坝里开交流会，在嘉陵江边对着图纸改规划，大到整体布局，小到码头名字，反反复复，多次修改。"在市人大常委会办公室的推动下，武胜县还将东西关钓鱼城项目纳入全县旅游发展大盘，给予大力支持。

2016年10月，高峰村的旅游项目开始规划，2017年1月建设启动。4年来，共投入资金1500多万元，实施了烈面镇至钓鱼城8公里道路改造和油化，建成旅游步道3.2公里及沿线厕所、服务点、休闲亭等，配置23处沿江钓台、两处露营基地，兴修洄鱼湾、鱼凫溪小型水库2座以及3座标准钓鱼池和60亩鱼塘，修建游客接待中心、入口标志汉阙，并在钓鱼城核心区域设置停车位107个。高峰村旅游规划项目建设基本完成，一个集垂钓、休闲、度假、旅游、运动、康养等多功能于一体的特色风景区初步形成，一个生态葱郁，环境优美的山村靓丽起来——2018年2月，武胜县东西关钓鱼城被评定为国家AA级旅游景区。

于是，四方背包客、驴友、钓友纷至沓来，带动了高峰村旅游热的兴起。昔日世世代代以农耕为生的高峰村村民，也像电视上的那些旅游景点的人们一样，开始了一种新的生活。

村民张小琴自钓鱼城建设之初，就一直感觉商机将至。她迅速自费外出学习烹饪技术，又对原有的池塘清淤加固，在塘内种植荷花，再放养鱼虾幼苗，在自己院子里办起了农家乐。

她独创了一道特色美食菜肴"莲花鱼"。这道菜取材于鱼莲共生的莲池藕塘。地处太极湖畔的高峰村，以太极湖水种植的成片莲藕给草鱼、鲤鱼提供了得天独厚的生存环境，它们以荷叶、莲花、莲子、藕根为主食，肉质鲜嫩，环保卫生。常食此鱼可明目养心，清肺热，因此颇得食客们欢迎。每到节假日，张小琴总能接到几桌预订。

　　尽管早上6点就要早早起床，一直在厨房忙碌，可她却没有累的感觉。一单又一单老顾客预订的"莲花鱼"，必须得早早准备，精心制作。她说，农家乐虽非豪华大餐，但是质量品味绝不能丝毫随意，精心烹制更能显出乡村菜肴的独特风味，也才能得到更多游客的喜爱。正因她的精益求精，她创制的这道"莲花鱼"，远近闻名。大凡游客来就餐，第一道菜必定要点"莲花鱼"。这道菜还因此上了《广安一百问》这本介绍广安人文特色的图书，声名远播。

　　乡村旅游和农家乐让张小琴尝到了甜头，她又将自家空闲着的房间整理出来，在不改变乡土气息、不影响安全的前提下，进行简单装修，开设了农家客栈。

　　2018年，驻村工作队在得知村上有几户村民想利用自家的闲置住房改建民宿时，驻村工作队点对点地对有意愿的村民建设民宿进行指导。很快高峰村就有5个民宿点建成，可提供房间近40间。

　　与张小琴一样，村民陈永现也吃上了旅游饭：10个房间的民宿，现在轻轻松松一年赚个一万多。尽管因新冠肺炎疫情，民宿的生意受到影响，还未完全恢复，但陈永现信心满满。他说："我给你说实话，我觉得生活还是在变。以前大家旅游都想往人多的大城市跑，经过了疫情，很多人都会转变观念，追求生态旅游，我相信在家就能守住稳稳的幸福。"

　　问起陈永现的感受，老陈笑着说："要说我的生意能够做到今天，还是得益于我们村现在这生态环境。要是像过去那样子，你就是请游客来他

再访高峰正金秋 ｜ 邱秋

也不会来。他来干啥嘛，没看的，没耍的，到处都是脏兮兮的，即使来了也留不住，穷山恶水，环境差嘛！你看现在，我们村环境多好，多优美，又有休闲娱乐的项目，那些城里人巴不得多住几天，在这里换换空气。"

2018 年，东西关钓鱼城建成，众多外地钓友前来垂钓，本地的、南充的、还有重庆的。这些钓友一坐就是一整天，午餐成为他们的需求。村民彭从建看到了这个商机，利用自家房屋邻近嘉陵江的优势，按照每盒 15 元的价格，他向游客售卖盒饭。盒饭味道鲜美、干净卫生，彭从建很快就有了大量的回头客。"一天最多可以卖上 40 多盒，去年光卖盒饭就赚了 1 万多元。"彭从建说。虽然今年受疫情影响生意不如以前，但他相信困难总会过去，日子会越过越好。现在，他准备将自家房屋进行改造，搞个农家乐，让旅游的"饭碗"端得越来越稳。

70 多岁的村民彭寿兵，一家三口人，属于建档立卡贫困户。过去，一家人除了干农活，再无其他收入渠道。自从村里发展"垂钓＋"乡村农旅后，他们的收入方式增加了，既可以在产业基地打工，还可以将自家的农产品直接卖给游客，来客也喜欢这些新鲜的没有污染的农产品，因此他家收入也跟着增加了许多。

看着老乡们的幸福生活，我不由顿生感慨：真是生态兴则百业兴，环境美则家园美呀！

江村兴起旅游风

吹来了人气

吹进了繁荣

高峰人又看新新的高峰。

这是广安文艺工作者写的一首反映高峰村脱贫故事的歌。歌诗真实表达了高峰村的变化，成为村民们最喜欢唱的一首现代版民谣了。

依托自己所在优美环境带来的丰富旅游资源，发展属于自己的事业，在增收致富路上阔步向前，高峰村村民真的过上了好日子，而这一切都建立在良好的生态环境基础之上。

每到夜幕降临，高峰村的特色文化广场上，欢快的音乐就会准时响起，聚集于此的村民们随着明快的节奏或歌或舞，或锻炼身体，或谈笑风生，一片和谐。村民王成国高兴地对前来采访的记者说："以前，村里没什么娱乐活动，大家吃过晚饭要么看电视，要么就睡觉。现在，大家聚在一起聊天、跳舞，邻里之间关系比以前更好了。"

"推动乡风文明，除了从经济建设、干部作风建设等多方面着手外，开展形式多样的文化活动也能激发乡风文明的生机与活力。现在全村文化阵地从无到有、从有到优，不断丰富着群众的文化活动，改善着群众开展文化活动的基础条件。"村支部副书记王兵向我介绍说。

在高峰村的特色文化广场上，村民周娟和其他村民正聚在一起跳坝坝舞，笑容满面。她告诉记者，近几年村里变化很大，不仅村容村貌更美了，民风更淳朴了，村里还经常组织文艺演出，村民的文化娱乐生活也更丰富了。她笑着告诉采访他的记者："只要村里有文艺演出，我一次都不会落下！"

村支部副书记王兵也说："每过一段时间，我们村里就会组织丰富多彩的文艺演出。"因为钱包鼓起来了，村民们对精神文化的需求也越来越强烈。开展健康有益的文化活动，就是希望在满足大家欢乐的同时，还能宣传乡风文明政策，丰富大家的精神文化生活。

采访中，王兵给我报了一组数据：近年来，高峰村硬化和新修村级公路 19.6 公里，新修生产路、便民路 25 公里，全村危房改造 22 户，易地扶贫搬迁 6 户，新建村活动室 320 平方米，新建特色文化广场 4 个，新建卫生室 100 平方米，实现电信、移动信号覆盖全村，改厨改厕改圈 120 户，整治国土 500 亩，建设高标准农田 135 亩，维修山塘 7 口，整治排灌渠 6 公里，整治新修蓄水池 9 口，建设污水处理站 1 个。

年过七十的彭寿权，这位土生土长的高峰村老乡，多年来一直关注着村里情况。在目睹了扶贫攻坚给高峰村带来的变化后，他曾给上级领导写过一封信，用了"五个一"来概括村里的变化：选派好了一名领导人——村支部第一书记；扶起了一个战斗堡垒——村党支部；做实了一批基础设施——交通、水利；选准了一个扶贫项目——血橙基地；扶正了一个思想观念——扶贫扶志。

我找来这篇近四千字的信一口气读完，老彭的真实情感溢于言表，令我心潮难平。他让我深深感到：脱贫攻坚不仅改变了村里的恶劣环境，让老百姓走上了致富之路，更重要的是增进了老百姓对共产党的感情，改变了基层党组织在群众心目中的形象，融洽了干群关系，凝聚了党心和民心，这是最值得我们点赞之处。

这次来高峰村，我又见到了老彭，他兴奋地拿出了自己的新作给我看，那上面满是赞誉之情：

"……说不完，道不尽，高峰村人真荣幸，感谢党的政策好，山新水新日月新，太极湖水常年绿，高峰山下四季青。金山银山何处是？喜看今日高峰村。"

前不久，西南政法大学的一批同学慕名来到高峰村开展社会调查实践活动。一进村，年轻人被眼前的景象惊呆了：这里真的是一个贫困村吗？他们有些不相信自己的眼睛了。一位同学在他的调研报告中写下了自己的感受，开始我还不禁怀疑，这里"土地平旷，屋舍俨然，有良田美池桑竹之属"，这里"阡陌交通，鸡犬相闻"，更有"黄发垂髫，并怡然自乐"，这里环境优美，房屋整齐，粉墙黛瓦，窗明几净，干净整洁，文明卫生。

怎么看也不会是一个省级贫困村嘛!

　　和这位年轻同学认知一样,当下的高峰村怎么也难以与"贫困村"联系上来。和七年前我第一次来高峰村采访的情况相比,再看着眼前的高峰村,我不得不在心里深深赞叹,高峰村真的变了,环境变美了,生活富裕了,人更精神了。高峰村已成为嘉陵江畔一颗熠熠发光的璀璨明珠。

　　秋意正浓访高峰,橘香醉人金菊黄。漫步于嘉陵江畔,望着高峰村的秀水青山,听着孩子们欢快的笑声,看着村民们开心的神情,我的心陶醉了,那首脍炙人口的歌曲《又见高峰》响起在耳畔。这歌,高峰村的大人小孩都爱唱,因为在他们看来,它唱出了高峰村的历史,唱出了高峰村人的情怀,更唱出了高峰村人的梦想:

鸟儿驮来巴国的月

鱼儿邀来汉初的风

水云间水天一泓

时光里游人攒动

江村兴起旅游风

吹开了僻壤

吹走了贫穷

奋斗者换来精彩和光荣

花儿绽放高峰的情

歌儿飞扬西关的梦

太极湖忙划龙船

钓鱼城闲钓秋冬

江村兴起旅游风

吹来了人气

吹进了繁荣

高峰人又看新新的高峰

（2022 年 12 月 14 日定稿于广安西溪河畔

鸣谢：本文撰写得到《广安日报》社记者支持）

溯江而上，

水流花放

陈泰湧

九

我一直以自己是川江船工的后代而自豪，可却又因我们早已离船上岸而言语喏喏，就像离水的鱼，自觉生命中好像坍塌了一部分。长江，早已融入到了我的血脉传承中。

〜

一

　　从我记事起，长江就是我最亲密的玩伴。

　　我的家住在厂区分配的宿舍里，按父母的工龄和职位，能分配到这一室一厅的一小套房已属幸运，当然，这幸运也带着几分尴尬——这栋六层的楼房临江而建。临江，自然不会有足够建楼房的平地，这是一壁峭崖，这栋楼就有一半的基脚在崖上，一半的基脚在崖下，换言之，这就是一栋混凝土材质的吊脚楼。崖上就是公路，与公路平齐的是二楼，我家分的房子在一楼，进了楼栋大门沿楼梯往下走一层。这个一楼又不能算是地下室，虽临马路一侧是靠崖壁，是封闭的，卧室是没有窗户不通风的黑屋子，但靠江的另一侧却是全通透的长走廊，视野是极好的，推开房门就站在走廊上，走廊下就是滚滚长江。走廊足够宽，每家都占据一半搭建起灶台和洗衣池，留下的空间还能容两人并行。一层楼住的 8 家人除了睡觉会进到屋里，做饭、吃饭、洗衣……一切家务活和社交活动都在走廊上进行，我做家庭作业也是在走廊上，搬一高一矮两个凳子，高的为桌，一边在本子上涂涂画画，嘴里拼读着生字的拼音，耳朵里却听着左邻右舍摆的龙门阵，鼻子则会满走廊地游荡，细细地分辨各家的灶台上分别烧着什么菜。

那个时候每家每户烧的都是蜂窝煤，煤渣和其他生活废弃物反手一扬，就直接丢进了江水里，我们把这看作理所当然，甚至算作是住一楼的好处。楼上的住户就没这么方便了，也有偷懒的，不愿去垃圾箱，为了少走了几步，手一扬，废渣废水从天而降，稍有江风吹过，或多或少总会往楼下的走廊上灌送一些，特别讨厌，这也必然惹得楼下的人探头出去大骂一顿。这种骂是单向的，肇事者绝对不敢回骂，当然也有狡猾者听楼下骂得过分了，自己的老祖宗恐怕都想掀开棺材板溜走了，于是跟着探出头来也向楼上骂，以此栽赃，转移靶子，让楼上住户来背锅。

所有的垃圾和废水其实是殊途同归的，我们随手往外扬的垃圾，楼上住户往垃圾箱集中倾倒的垃圾，最终都是倾倒在了长江里，就连整个城市的生活垃圾也集中倾倒在芏溪河和长江的接口处，慢慢堆起了一座小山，这座山大多是烧过的蜂窝煤煤渣，质地松软，时间一长也会变得很壮观的。这座煤渣山会在每年的秋季萌发，冬天继续生长，到了春天，如果乘船经过，这简直就是这座城市的一个地标性的"建筑"，只不过在每年夏季涨洪水时，这座煤渣山就会被冲刷，淹没，消失掉。到了秋季，又开始萌发。

厂里的废弃物处置方式要稍微复杂一点，我的干爹就是厂里的货车司机，他们司机班的人会轮流去开一辆翻斗车（自卸车），这并不是一件好差事，没有人会认为和垃圾打交道是光彩的事，再加上那各种不同的臭味相互混杂，车开得再快，车后面的气味永远会超越你的车速往驾驶室里猛灌。我的干爹是司机班里脾气最好的人，于是其他司机总有各种理由推脱，这样一来，每个月总有一半的时间运垃圾就成了干爹的活儿。遇上放假，我在家闲得没事总会跑厂里去玩儿，去三五回总是会有一两次遇上干爹出车，跑长途拉货我可不敢去，但倾倒垃圾也就是几十分钟一个来回的事。干爹也会笑眯眯地容许我爬上副驾驶的位置和他一起出车。

车是沿着长江边的公路往下游方向，一直开过罐头厂，再开过磷肥厂，这里是一个非常大的鹅卵石坝子，名字很好听，叫红砂碛。

长江两岸散布着大大小小的碛坝，在这些碛坝上，千姿百态的卵石散乱而有致地堆积着。它们汇集了来自上游数十万平方公里流域的各种岩石精华，经亿万年江水洗刷滚磨和数千公里冲撞涤荡。红砂碛是这些碛坝的代表。红砂为红色小石，碛乃水中沙滩，因长江水流至此流速放缓而沙石沉淀于此，长年累月形成石滩，故名红砂碛。

红砂碛，这是一个充满诗情画意的地方。除了夏天，其他三个季节聚鱼沱（万州的一处地名）下游的长江边总会显露出长约5公里、宽约2公里的卵石滩。浩浩长江奔腾不息，在这里突然转了一个弯，于是，长江北岸就出现了巨大的回流，水中夹带的石沙和卵石在岸边沉淀了下来。一年又一年，江水潮起潮落，碛坝浮浮沉沉，千千万万颗或大或小的卵石便铺满在这碛坝上。阳光、卵石、沙滩、江浪、渔火，那是一道生长于江边的我们熟稔并挚爱的风景。

红砂碛不仅风光秀丽，还有人文故事。万州古八景的"蛾眉碛月"就和红砂碛有关。红砂碛对面的长江南岸翠屏山下沿江也有一湾碛坝，夏天过后，水落碛出，细石斑斑，积累成碛，形如秀眉，故称蛾眉碛。相传古时城内男女老少每逢"人日"（农历正月初七）就会成群结队渡江嬉游于碛上，击小鼓，唱竹枝。清代文人李鼎元用"仲春暖似夏初时，万县桐花开满枝，夜半山蚜残月吐，一痕沙碛画蛾眉"描绘了残月半吐，映照沙碛的奇景。

诗人何其芳对红砂碛也情有独钟。少年时代他常去红砂碛游玩。1976年回到家乡时仍不忘重返红砂碛去捡拾儿时记忆。1931年6月，何其芳在北京大学创办的文学刊物就以《红砂碛》命名，他在发刊词《释名》中解释道："要留住那刹时拣着了，刹时又失掉了的欣悦的影子。"

红砂碛还记载着苏联空军轰炸机大队长格里戈里·库里申科的故事。1939年，他率"达沙式"轰炸机飞行大队来华援助抗日。10月14日，出击日军某军事基地，在武汉上空激烈的战斗中飞机左发动机被击中，他用单发动机突出重围，当飞机飞临万州上空时机身失去平衡。为使飞机免遭损毁、保护万州居民的安全，他将飞机平稳地降落在红砂碛附近的江面上。飞机入水时，库里申科却因体力不支被无情的浪头吞没。

所以，这里几乎是万州的中小学生春游和秋游的必选之地，在老师讲完库里申科壮怀激烈、血染长空的故事，缅怀过苏联空军志愿队的英雄们之后，我们就开始拣石子、抓蝌蚪、架锅野炊、放风筝……

红砂碛布满了五光十色、形状各异的卵石，它们色彩绚丽，千姿百态，圆润晶莹，润泽坚硬，任性地展示着世上最古朴的美。在大自然的恩赐面前，我们迫不及待地弯下腰、低下头，精心捡拾心目中最漂亮的卵石。红的、绿的、酒红色的、藏青色的、乳白色的，如玛瑙、像珍珠、似玉坠，我们目不暇接，爱不释手。我们把心仪的卵石放到江水中清洗，它们顿时散发出熠熠的光亮，岁月将它们冲刷得如此温润漂亮，在水波的映照下，向我们露出闪闪亮亮的微笑。拣的卵石越来越多，装卵石的袋子越来越沉，我们只好"猴子搬苞谷"，拣一路，丢一路，这个不错，那个也好看，拣来拣去，拣了一大堆，都不知如何带回家去。

精心挑选的卵石，或图案取胜，卵石上有山、有水、有云彩、有人物形象，既形似，又神似；或形状取胜，不同的卵石造型既鬼斧神工，又巧夺天工，给我们巨大的想象空间。最好奇的还是那亮晶晶的金黄色的光滑圆润的"火石板"，晚上，两个火石板相碰，就会发出耀眼的火星子。我们像宝贝一样带着它们回到家中，或沉于金鱼缸底，或置于花盆之中，或置于书架之上，成为我们长久观赏的艺术品。

在我的记忆中，江边的野炊更有意思。从宣布要去郊游的那一刻起，小伙伴们就三五成群自发地进行着组合和分工，有的负责带锅、有的负责带碗筷、有的负责带柴、有的负责带米，能凑够煮饭的就行，菜不用现场制作，都是带的现成的，有廉价的咸菜也有奢侈的香肠。到了野炊的时间就在江边舀水淘米，再舀水煮饭，那水可清可甜咧，那饭可白可香咧。

游国勇是我的同班同学，这个时候他就成为了小伙伴们心中的"男神"。他是渔民家的孩子，父母长期生活在打渔船上，而红砂碛的末端就是渔业社的停泊地，每到夜晚，打渔船就一只接一只长蛇阵般地停泊在红砂碛的岸边，渔火星星点点，连缀成线。晓得我们要去郊游，游国勇的父母就会在岸边留一个桶，桶里自然会留有几条鱼。游国勇拎着桶踩着半淹在江水中的鹅卵石"啪叽啪叽"飞奔回来，我们班的宿营地顿时就会响起一阵阵的欢呼，因为我们有着特殊待遇，腾一口锅出来，舀半锅江水煮鱼，那汤可香可鲜咧。

二

溯江而上，大学在重庆主城读书，我没有离开过长江，又认识了嘉陵江。到朝天门看两江交汇竟然成了我在周末经常进行的一项活动，一侧的江水急且浑，相对而言另一侧的江水就要浅一些清一些，遇上夏季涨洪水，清浊两股江水相互冲撞、相互融合，却又泾渭分明，就像鸳鸯火锅一般。

大学毕业后我曾去了湖北的一座城市工作，这座城市远离长江，从地图上看，离丹江口水库很近，这里有一条河流古称沧浪水，据说孔子适楚，在此听渔民唱沧浪歌，"沧浪之水清兮，可以濯我缨；沧浪之水浊兮，可以濯我足"。去这座城市的原因正是因为这沧桑的古风吸引了我。

但可惜的是沧浪之水并没流经我的身边，流经这座城市的不仅没有大江大河，而且我每天能看到的只是一个从河底到两侧都用条石加水泥敷砌而成的一条河道，这哪里还是河哟，是一个人工水渠，里面有一股水，慵懒地向前，甚至还没力气铺满河道的底。

从小就习惯了生活在大江伴城的家乡，求学时的重庆城也是两江环绕——我给自己找了一个离开的理由，回到了重庆。

就连洪水，曾经无比痛恨的洪水此时也成为了我无比怀念的。我的记忆中浸满了1981年的那一江浑水。1981年，我7岁，正是要读小学的年龄。

我家所在的宿舍楼临江，推开我家大门就能看到长江，我家楼下还常年停泊着几艘趸船。枯水期江面离我的家还有几十米高的距离，那些趸船也离我们很远。可船上的水手们也同样地常常为这栋楼向下抛洒的蜂窝煤炭渣所恼，这些灰渣在空中会解体成沙硕状、粉末状，遇上江风，抛洒的面积就会扩展几十倍，这些水手常常深受其害，只不过他们一般不会骂人，实在气极了，也还是会发泄，他们用船上的高音大喇叭骂人，他们的骂声虽大，用语还是很收敛的，语调软绵绵拖拉着，更似一种哀求。

夏季洪水到来的时候，江面就会逐渐接近我家门外的走廊，果真是水涨船高，船会一夜之间长得很高很高，水手们忙忙慌慌地一会儿系缆绳，一会儿又解缆绳重新布置锚点，没有一刻的停歇。终于，他们将跳板直接搭在我们的走廊栏杆上，从船上下来，然后爬楼上去寻找新的锚点。

厂里将大仓库腾出来进行安置。因为父亲出差还没回来，妈妈忙得团团转，把家里的被子拆开，自己用缝纫机打了好几个大口袋，然后将衣服等七零八碎的东西塞进去。一趟又一趟，我不是端两个小板凳就是拎一个暖水瓶，或者拖一个空米缸，跟着扛大包的妈妈蚂蚁搬家。我们搬最后一趟的时候，趸船已经快到三楼那么高了，浑黄的江水也已经漫进了我家。

我家住的是一楼，那一年的大水将二楼都淹了一米多。

洪水退去，我和妈妈第一时间赶回我们的家，家里积满了黄浆浆的淤泥，墙壁和天花板都湿漉漉的，一滴一滴的水滴像美人鱼伤心的眼泪，妈妈费力地清淤泥，架起火盆烘烤房间，然后又重新粉刷墙壁。

以往我是喜欢夏季的洪水的，因为干爹说，那些垃圾倾倒在红砂碛的碛坝上，还有那座整个城市积聚了一年而形成的煤渣山，因为有了每年夏季洪水冲洗，会将这些垃圾全部带走，然后我们又会有一个漂漂亮亮的红砂碛和干干净净的万州城。

可这一年不一样。这一年的洪水号称是"百年难遇"。至于这一年为什么会发这么大的洪水，邻居的叔叔阿姨们在议论，我听到了"上游原始森林被砍伐""水土流失"……我想，这些在工厂里生活的叔叔阿姨们虽然不像农民那样亲近土地，但他们也在大自然带给人类的疼痛中有所触动，第一次从报纸和广播中捡拾来这些名词，并刻写进了记忆中，城市中生活的人同样不能忘了土地。这也是我第一次接受到了有关生态环境的教育，是从现实中体验到的，是极其残酷的，这些痛苦的影像也全部深锁进了我的记忆博物馆中。

这次洪水带来的变化并不只是我一个人的记忆。

在现实中，我家楼下崖壁上的几棵树被洪水冲折了，枯了，朽了，每天早晨我再也听不到树上栖息的小鸟在歌唱了。

从那一年开始，长江已不再是我熟悉的模样，就算是冬天的江水也变得混浊了。我看到趸船上的水手们牵来一根软管，将自来水引到船上，可千百年来在船上的人吃喝用的水可都是直接取自于长江，一根绳子系着一个水桶，一扔，一荡，一提，再牵扯三两下就打上一桶水来，即便是夏季江水混浊，也只是多了一道程序，放一点明矾静置一会儿，很快就能见到清亮亮的水。

有人说，我们现在 10 年的发展，相当于人类以前 100 年的发展，而且还在不断地加速，这给人类带来了生活品质的极大提升，但"灵魂已经追赶不上奔跑的脚步了"，哺育人类数万年的长江似乎就在一夜之间变得那么脆弱了，城市长大了，长江受苦了。她已经承载不了沿岸城市的高速发展，可人们好像并没汲取教训，我能看见的是厂里的各种垃圾仍然是一车又一车地往红砂碛倾倒，河滩上也被各种颜色的水流进行着纵向切割，电池厂流向江里的水是乌黑的，啤酒厂流向江里的水是褐黄的，味精厂流向江里的水是幽绿的，炼油厂和罐头厂流向江里的水都带着油污，在阳光的照耀下呈现出了五彩斑斓的黑。

在我小学毕业的那一年，游国勇辍学了。长江里的鱼越来越少，越来越难捕获，渔业社的船停了一大半，他的父母上岸了，去了奶牛场养奶牛，游国勇要帮着去给订户送奶。我最后一次见到他是在我们宿舍楼的马路边，他牵着一头奶牛，推着一辆手推车，推车上有两个白铁皮敲的圆桶，桶里装的是牛奶，这是游国勇在招揽订户。那也是我最后一次见到他。

三

重庆文学院拟邀请我参加 2022 年的川渝作家环保行采风活动，张兵院长问我有没有时间，单位会不会给假，我说："如果不批假，我就辞了职和你们一起去。"

如果往上说，长江、黄河是中华民族的母亲河，往下说，永定河是北京的母亲河，海河是天津的母亲河，黄浦江是上海的母亲河，那么嘉陵江则妥妥的是重庆的母亲河。

此次采风活动是溯嘉陵江而上，我抵挡不了这个诱惑。

往往，我们身边最亲爱的和最熟悉的最容易被忽略，身居重庆，我们口中常常说的"巴渝大地"，眼睛里看到满街"渝"字车牌，曾经我们从朝天门码头沿江而下，乘坐的多是"江渝"号客轮……

这"渝"字因何而来？

如果有人告诉你，"渝"这个重庆的简称是因嘉陵江而来，很多人可能不会相信，但事实确实如此，在重庆市境内，嘉陵江古称就是"渝水"，至隋初，此地也因"渝水"而改楚州为渝州。

不仅整个重庆的简称来源于嘉陵江，重庆的合川这座城市的得名也来源于嘉陵江——"合"，汇也，"川"，水也——渠江、涪江在此地汇入嘉陵江的干流。

重庆人不识"渝水"也情有可原，不是因为嘉陵江的小，而是因为长江的大，况且嘉陵江在重庆境内只是它的下游段，到达朝天门，整个嘉陵江就汇入了长江，完成了它作为长江支流的使命。

嘉陵江的名字究竟是因何而来呢？嘉陵江发源于秦岭北麓的陕西省凤县代王山，因流经凤县东北嘉陵谷而得名。四川省广元市昭化区以上为上游，昭化至重庆市合川区为中游，合川至重庆河口为下游，目前确认的其干流全长1345千米，故有"千里嘉陵"一说。张院长说，此次行程时间短，我们去不了上游，只能在嘉陵江的中段去看一看，"千里嘉陵，武胜最美"，我们此次行程中就有武胜泛舟。

对于嘉陵江我既陌生又熟悉，说熟悉是因为我曾多次前往北碚的嘉陵江"小三峡"，在那里嘉陵江缓进急出，向下直冲并横切华蓥山的支脉九峰山、缙云山、中梁山等数道山脉，形成风光绮丽、壮美如画的沥鼻、温塘和观音三个峡谷，那里山高崖陡，峡谷深邃形势险要，而江水却是十分平静，风光妩媚多姿，虽外形宛如从奉节至宜昌的长江三峡，却又有很大的不同。特别是在缙云山下泡着温泉，看着江峡景致，要知道古时缙云山被称作"巴山"，看"渝水"穿"巴山"，再背诵两句李商隐的"君问归期未有期，巴山夜雨涨秋池。何当共剪西窗烛，却话巴山夜雨时。"别有一番味道。说到陌生，实在惭愧，我只见到过从北碚到朝天门两江汇合处这一小段，也就几十公里的距离，这和千里嘉陵实在是差距悬殊，我太渴望能去看看更多的嘉陵江水。

我为采风作着准备，查询资料得知嘉陵江的流域面积达16万平方千米，在长江支流中它的流域面积是最大的，长度则仅次于雅砻江，流量仅次于岷江，而且……嘉陵江还是长江水系含沙量最大的河流——这让我一惊。想起1981年的洪灾，当洪水退去，我们那间真正遭受过"灭顶之灾"的家，集满了淤泥，我看到妈妈费力地将沉积的泥沙一点一点地清淘出去，用自来水冲洗天花板、四壁、地板、门窗，然后在屋子里架火烘烤潮湿的房子。那一年整个房子都是潮乎乎的，日子也过得潮乎乎的，那一年的冬天家里特别地冷，那一年我家很多的衣物家具全都生霉了，那一年我和母亲经常生病……童年心理上留下的那道难以愈合的伤口又被活生生地撕扯开了，我渴望着溯江而上，我想去探寻。

但是，这几年我看嘉陵江的水是清的，不疾不徐地穿过北碚"小三峡"，如少女见到她热恋中的人，面带羞涩却又义无反顾投入到长江的怀抱中。这种现实中的所见的偏差更激发了我溯江而上的愿望，我要去探寻。

我们并没有踏舟而行，而是乘车直达广安与成都过来的作家朋友们汇合，川渝一家人，这一家人可是共饮一江水的人，我们一见面就特别亲热，聊到生态环保这个大话题时也没有说谁在上游谁在下游，谁付出得多谁又获益更大，不管嘉陵江还是长江，都是我们共同的生命之河。我们有着同一条江、同一片天，同样的空气、同样的未来。

广安是一座新兴的中型城市。秋阳烁金，走进广安，与清水同行，看渠江水轻拍着城市堤岸，在低吟浅唱声中，谁能料想其地下的污水处理厂却在静静地发生着质变——我们采访的第一站就安排了去参观污水处理厂。在这里，我们亲眼目睹一管污秽不堪的脏水变成一股洁净可人的泉流。

广安市污水处理厂位于广安市广安区滨江东路，是采用 PPP 模式引入国家开发投资集团旗下的中国水环境集团进行投资、建设、运营的重点项目。2015 年 3 月正式开工建设，2016 年 8 月建成并投入运行，设计规模为日处理 5 万吨，占地面积约 35 亩，可研总投资 2.3 亿元，主要处理广安市主城区的生活污水，服务人口约 29 万人。

该项目采用的是改良型多级 AO 工艺和第五代下沉式处理技术，设计出水水质指标达到《城镇污水处理厂污染物排放标准》的一级 A 标准。这是四川省首座下沉式城市污水处理厂，有着先进的处理工艺和除臭技术，而且生产区域全部在地下，地面上则是市民休闲公园，实现了土地节约、资源利用、环境友好的绿色经济环保理念，将传统污水处理厂所带来的"负资产"转变为了"正资产"，还有效解决了"邻避"问题，最大限度地发挥了生态环境效益和社会经济的价值。

我们听着讲解，就像参观博物馆和艺术馆一样，信步往前，发现已然来到了地面上，此时江风轻拂着花木，拥吻着一座鲜花盛开的公园，江河、城市在此完美交融，人与自然和谐共生的生态环保理念在这里展现得淋漓尽致。

"作为一名基层环保人，当清晨被鸟语叫醒的时候，当散步感受清风徐来的时候，当戏水能看到鱼翔浅底的时候，我明白了环保工作的重要意义。而那些在烈日下测水样，在田间地头找排污口的日子，也都变得明亮了起来……"陪同我们参观的广安区生态环境局办公室干部张臣满怀深情的一番话，既是对作家们进行着工作介绍，更是他对这片土地最好的告白。

如果把大江大河比喻为"主动脉"，那么农村的条条河流就好比是"毛细血管"。天地之间，是人与自然的和谐共生。沿着江河行进，风景如诗如画，直到此次采风活动结束，我才明白过来，以环保人牵头所打响的守护家园保卫战，绝对不止四川广安的污水处理厂这一个战场，还有我们所参观的重庆合川的临渡村农村生活污水处理站、重庆潼南的双江古镇浮溪河和猴溪河河道综合整治工程，以及所有市民、村民日益勃发的生态环保意识，共同构建出了一个崭新的世界、洁净的世界。

还有我们看不到甚至是触摸不到的层面，但可以感知得到，各项政策和文件的制订实施，稳健而高效，从水至天——广安的母亲河渠江水质由十年前的地表水Ⅲ类水质稳步提升到现在的Ⅱ类水质；广安的乡镇集中式饮用水水源地逐步完成水源保护区划定、规范化建设和环境问题治理，全部实现"划、立、治"，水质达标率百分之百；广安的空气中含着泥土的芳香，那是因为全区建设并投入使用 25 套高空瞭望系统，对秸秆露天焚烧进行"识别定位—网格处理—反馈办结"闭环处理。

水是这片土地的万物之母。广安市水系发达，河流多，共有 20 条跨省、市的河流，境内共计 12 个国控断面，其中 7 个为川渝交界断面，包括 1 个共考断面。根据国家监测方案，从 2016 年开始，四川省广安市与重庆市合川区、长寿区共同开展每月 1 次的上下游水质联合监测工作。

从 2022 年 9 月开始，重庆市、合川区、广安市、武胜县四个监测站开始对川渝共考河流南溪河进行为期 1 年的联合监测。在成渝双城经济圈建设工作方面，潼南区还与遂宁市联合印发《遂潼生态环境保护一体化发展 2022 年度工作方案》，将生态环境保护"十四五"规划、遂潼川渝毗邻地区一体化发展先行区发展规划等深度融合，并开展多次联合巡河、监测、执法等工作，对包括 25 个干流监测断面、43 个一级支流、31 个湖库和 45 个污水处理设施及典型雨污混排口，共计 139 个监测点位进行川渝混合编组联合采样，异地交叉互测，监测数据川渝共享互认，还绿于民。

巴山蜀水，川渝一家亲。两地环保部门还在应急监测备勤制度、应急仪器日常维护、应急拉练或仪器操作培训、应急监测演练和培训等方面积极互动，同时做好 6 个川渝跨境区域水质自动站后勤保障和数据监控，尤其在嘉陵江重金属污染、渠江罗渡沉船、兴隆河综合治理等事件中达成共识，一江清水情系川渝。

正如江水不会逆流一样，时光也不会逆流。千万种假设，即便能逆流，我还愿不愿意回到童年？我怎么去面对那些往红砂碛上倾倒的工业废物？怎么去面对楼上住户往江面随意倾倒的生活垃圾？还有数量越来越多、颜色越来越深、味道越来越臭的污水排放——它们割裂了江边的滩涂，将我们曾经在江边嬉闹的童年欢乐也切割得稀碎，它们流入江面，将江水浸染，似噩梦一般浸染到了我的脑海中。

四

　　江面上漂浮着一层薄雾，像少女肌肤上的茸毛般。湖面清澈、透亮，轮船驶过时激起的浪花似白云般向岸边涌动。岸边的江面上不时有水鸟出现，或一只、两只、三只，或一大群，忽左忽右，忽高忽低，时而没入岸边的树林，时而又回到江面。

　　渔政监督船的船长一边看着江面指挥着年轻的舵手，一边信手拈来，给我讲起了嘉陵江的知识："嘉陵江并不是歌里唱的那种'大河向东流'，它的流向是由北向南……你知不知道，小平同志离开家乡走上革命道路，就是从广安乘船顺嘉陵江而下到的重庆……"

　　请原谅我和船长从第一个照面开始就有一见如故之感，他点点头示意我可以进驾驶舱，以致其后聊得投机，谈得入神，竟然忘了请教船长的姓氏，只能用笔书写时很尊敬地称他为"船长"——这段旅程是我参加此次"川渝作家环保行"采风活动最渴望的，也注定是记忆中最为深刻的一段旅程，它可以冲洗掉那些噩梦的残影。

　　在武胜，我们乘船从沿口镇前往礼安镇实地察看嘉陵江江心和部分河段水质以及沿岸生态。其他作家都在观景甲板上拍照，或许因为我是川江跑船人的后代，对轮船有着基因里的一种热爱，一个人溜到了驾驶舱，于是就有了这次独特的旅程体验。也很庆幸和船长的这次相遇。

　　因为我从自己的经验出发说了嘉陵江最美之处就是"小三峡"这句话，船长扭过头将我上上下下地打量了一番，他努力并坚强地保持着对客人的尊重，不过他的语气似乎已变得有点硬邦邦了。

"你晓不晓得，以前有句老话说的是'千里嘉陵，武胜最长'，我们武胜境内有'一江四河七十四溪'，嘉陵江纵贯武胜117公里，河曲度亚洲第一、世界第三，64个江湾首尾相连，有'嘉陵明珠'的美誉……"

我笑笑，谁不说俺家乡好，这个道理咱都懂。

船长终于还是忍不住了，用手指往江岸一划拉，提高了调门："要我说，那句老话要改一改，'千里嘉陵，武胜最美'！"说到"美"字时，他伸出去的右手往下又一个更大幅度地划拉，像是在打感叹号，眼睛向我一瞪，似乎是挑衅，更像是回击。

来采风之前我也是做了功课的。说来也挺有意思，嘉陵江进入武胜境内，江水迂回曲折绕了两个大弯，形成了一个40平方公里的葫芦岛。1995年，因建东西关水电站，拦河筑坝蓄水成湖，又形成了一个自然河湖型水利风景区太极湖，这是国家级水利风景区，有了这个头衔的加冕，其实也只是在"美"与"更美"之间作了词语的升级和替换。我看到江面烟波浩渺，沿岸草木繁茂，绿树密林，禽鸟众多，确实有着强烈地拍照的冲动，但我忍着，因为我对"最"字还是持有保留意见。

船长是倔强的，他想了想，决定换种话术来说服我："我就不说我们的禁渔护渔工作，也不说生态环保的水质问题，你会认为我这个开船的说这些水上的东西是'王婆卖瓜'，我们就说水外面的东西，你就看看岸边，看那些滩涂地，全都是绿色是吧？"

我点头。亲眼目睹的事实，我又何必非要抬杠呢？

船长见新的话术起了作用，也笑了："10年前这些都是撂荒地，无人打理，如今大家都把这里当成了'聚宝盆'，有种滩涂萝卜的，有种白甘蔗的，最不济也种的是竹子，绿了两岸，农民也还能挣钱，多安逸。"

我又点头。

船长也缓和了语气，互相给面子嘛："北碚的嘉陵江也美，那是自然的美，我们武胜这一百多公里河段的美是'种'出来的美，这是我们武胜实施的嘉陵江生态修复工程项目之一，沿岸居民既'种庄稼'也'种风景'，今后我们不仅是种绿，还要逐渐更换一些树种，增添颜色，今后要把两岸搞得像油画一样……那个时候你再来看嘛！哦，田局长也在这个船上，让他给你摆这个龙门阵嘛。"

船长所说的田局长名字叫田昌金，以前的职务是武胜县林业局局长，现在的工作岗位是"嘉陵江乡村振兴专班"。这个专班是由田昌金和县上另外 14 名从各部门退居二线以后的原"一把手"组成，他们对全县嘉陵江流域了如指掌，关键是他们还有着很好的人脉和较高的威望，振臂一呼能够应者云集。专班每月一次例会，由县委副书记、分管农业副县长主持。每季度一次调度会，由县委书记主持。目的就是要把规划出的武胜县乡村振兴蓝图落实到大地之上和大江之上，哪里出现问题，专班就给他开专课。

"绿水青山就是金山银山。"让两岸变得更美，让一江清水流淌在大地上的画框中，成为沿江人民最热切的期盼，成为乡村振兴最大的主题——植树造林从绿化嘉陵江开始，这就是武胜人开始的"江绿工程"。近几年来，武胜按照"一个节点一个景观"的要求，树立"生态、形态、业态、文态"四态合一，有机融合的理念，把文化融于生态，为打造中国西部著名江湾湖畔休闲旅游城市和诗意田园奠定了坚实的基础。

曾经武胜境内的江边无树无绿，作为林业局长的田昌金一直觉得脸上无光。说到过去，虽然他保持着礼貌，面带笑容，但我能感觉到他在咬牙，可话题一说到现在，笑容立刻变得金灿灿的："全县设立了县乡村三级林长共 521 名、三级河长 427 名，任务就是植树和护河。每年植树造林重点区域就在嘉陵江两岸，两年的时间我们履行植树义务 24.75 万人次，完成营造林 1400 亩，让嘉陵江两岸除了庄稼地以外的那些消落带上都种上了绿化树。麻竹、柳树、松树、柏树这些要栽，两岸要绿嘛；桃树、李树、柑子树也要栽，两岸要有花嘛；要把嘉陵江变美嘛——千里嘉陵武胜最美！"

"我们不是为美而美，不搞花架子，不走虚过场，我们是又要美，又要富！"田局长继续补充说。武胜人彩绘嘉陵江是前所未有的大手笔。他们在昔日因洪水而抛弃的撂荒地上因地制宜，因江而谋，种植了 20 万亩大雅柑，8000 亩彩色油菜，6000 亩向日葵，20000 亩黄精等中药材。这样一来，两岸既有淡雅清新的水墨山水，又有浓艳奔放的工笔彩绘，或许这种说法不会被画家认可，但又有哪一位画家能在这广茂的大地上作画？能绘出这水净、河畅、岸绿、景靓的生态美景呢？

从生态修复、生态保护，到建设生态文明，武胜已牢固树立起了走绿色发展、人与自然和谐共生的中国式现代化道路。

"武胜人在江清上大气魄，在岸绿上更是大手笔！"说这句话的是文猛——重庆市万州区作协主席，也是参加此次采风活动的作家，我最亲热的同伴——因为万州是我的家乡，家乡的话题是我们共同的兴奋点。

他给我讲，这些年来家乡的水位高了，流速缓了，江水也清了。可是这个清也并不是自然而然所产生的，水的含沙量减少，与长江上游包括嘉陵江流域的生态环境保护密不可分，像武胜的江绿工程，减少了水土流失，受益的不仅是武胜，更是整个流域，特别是流域的下游。水质变好了，这也有像广安城市污水处理厂、乡村生活污水处理站以及更多的水质提升行动的作用，受益的不仅是当地的老百姓，更让流域的下游成为了共同受益者。当然，还有很多的清漂者在行动，他们也是让江水变清的重要力量。

而清漂和渔民的退补转产并不是个人的行为，这是各地政府在党和国家的生态环境保护政策的指引下，将生态保护与产业发展相结合所进行的政策引导和具体实践。就像远古治水，鲧失败了，而他的儿子大禹却成功了，那是因为大禹变堵为疏，治理思维的转变是行为转变的先决条件。

曾经武胜人靠着嘉陵江的滋养，在江河上网箱养鱼，渔船打鱼，在江河岸边养猪、养蚕，这也使得武胜成为了著名的养鱼大县、捕鱼大县、养猪大县、养蚕大县。可生态环保意识并没有因经济的增长而得到同步的增长，反而彼此对立，对富裕的渴求远远地超越了生态环保的底线，污水随意排入江河，垃圾随意倾倒江河。后来嘉陵江上又建起了东西关和桐子壕两座中型电站，江水自净能力更加脆弱，武胜大地上的江河水质一下子就降为了Ⅲ类水质，"千里嘉陵，武胜最臭"！

武胜人痛得揪心，这才有了"江清保卫战"。对每个网箱养鱼补助3000元到5000元不等的资金，让他们从江河上拆除，引导他们生产转型，选择陆上合适地方养鱼并完善污水处理设施，目前武胜所有江河上见不到一处网箱养鱼，江河水面一下就清爽了。接着是让渔民上岸，县水产渔政局一条船一条船地走访，根据渔民自身情况和所在地条件，一船一策，帮助转产转业，助力退捕渔民424人告别祖祖辈辈就在江上捕鱼的生产和生活方式，从"水上漂"变成了"陆上安"，过上了一种不同于祖辈的全新生活。这不是武胜一处的行动，整个四川和重庆共有11万艘渔船、28万渔民上了岸，每一个渔民在岸上都有了自己新的职业和生活。

在这些上岸的渔民中又有一些重新回到江面，就好似他们用作呼吸的不是肺，而是和鱼一般的腮，他们离不开江啊！只不过他们是转身去保护这江水，沿江每个市区县都成立了自己的清漂队和护渔队，曾经的"打渔人"成为了今天的"清漂人"和"护渔人"。

文猛说，尽管沿江城市都进行了垃圾处置，就连各轮船都会将垃圾运到岸上进行专门的处置，可江面的漂浮物仍然是存在的，因为水位有涨有跌，就会形成消落带，这也不可避免地会存在着枯枝、木材、稻草等各种垃圾，"清漂"是一种新兴的职业，也会是长期存在的职业，只要我们爱身边的这条江河。

2003 年 6 月，三峡工程蓄水，长江水位不可逆转地高过了红砂碛，红砂碛从此沉入江底。可文猛告诉我现在"红砂碛"还在，如今万州正在打造城在山中，水在城中，人在山水中的三峡平湖旅游景区，在北滨大道末端江滩上建了一个以红砂碛命名的滨水生态公园。这里亲近平湖碧波，享有生态湿地，这或多或少能成为老万州人回忆乡愁的一丝慰藉。

红砂碛滨水生态公园是以生态学和生态文化为主要理念，结合传统城市公园和主题公园特色而建成的新型城市公园。充分利用场地自然条件以及水位线变化，采用雨水花园的设计手法，因地制宜设置下凹式绿地、生态荷花池、人工湿地、自然滩涂以及生态护坡，发挥了吸水、渗水、净水、蓄水、放水的生态功能，实现了自然生态修复，打造了集生态、休闲、娱乐、服务、观赏等功能于一体的弹性景观。173 米水位线以上设计为公共游乐区，173 米以下为生态护坡区和自然滩涂游乐区，种植水生植物，即使在枯水期也呈现出绿意盎然的生态景观。

"只是那一大片鹅卵石石滩被淹没了，但名字保留了下来，就连大的位置都没怎么变，就在现在的万州长江二桥下滨江区域，对，以前那里就叫聚渔沱。那是以前渔业社的停泊地？这个我还不晓得耶，哦，现在的清漂码头就设立在那里……"文猛和我聊起家乡万州的事总是滔滔不绝。

我突然想起了小学同学游国勇，他和我都是江水人家的孩子，尽管过去了这么多年，我甚至都没有过在江上生活的经历，但血脉中始终有着江水的奔涌，有着浪花拍击的搏动。我用笔去爱着我的江，那游国勇呢？当年他的父母被迫离开了江面去讨生活，现在他们会回到江边吗？已经回去了吗？说不定他现在已经成了一名清漂船的船长，换一种不离开江面的新的方式生活，不仅能养活自己，也能更好地呵护我们的母亲河。

五

我对红砂碛充满了回忆和想象。此次采风活动结束后我一定会回到家乡，去看看新的红砂碛，很多年没有回家乡了，这些年因三峡工程施工，移民搬迁，城市迁移和新建，沿江地域真能用"沧海桑田"来形容。

跟着采风团我们又到了重庆境内的合川和潼南，如果说我们在广安和武胜所看到的是嘉陵江的自然和恣意，在合川和潼南我们看到的就是嘉陵江和城市的和谐共生。自我们的老祖宗们走出山洞，建立聚居地，建立集镇，建立城邦，从古至今城市扩张和发展的步伐从未停歇过，只不过水没了、树没了、风沙袭来，搬走就是，换一个山清水秀物产丰饶的地方再建一座城。可是，到了如今，我们又还能往哪里搬迁呢？

住在越来越拥挤的城市中，我们的城市和建筑一步步地往河道中侵袭，人的心也在往江河边靠近，在思念，我们怀念那推窗见水推窗见景的岁月。

自然滨水岸线成了稀缺的自然资源。2022年，《重庆市城市更新提升"十四五"行动计划》发布，在"十四五"期间，重庆将全面贯通109公里滨江岸线，并加强130公里嘉陵滨江生态长廊岸线的生态保护修复，持续做靓"两江四岸"主轴，助力城市生态品质提升。

重庆中心城区"两江四岸"岸线总长394公里，是城市发展的主轴，也是集中展示山城、江城特色的生态廊道。近年来，重庆通过实施治理提升，九龙滩、磁器口老码头、大鱼海棠广场、花溪河入江口等重要景点建成开放，为市民游客提供了滨江休闲娱乐、观览山水美景的好去处。

"十四五"期间，重庆主城还将立足"主轴"定位，围绕打造"山清水秀生态带、便捷共享游憩带、人文荟萃风貌带、立体城市景观带"目标，遵循"尊重自然、保护自然、顺应自然"的原则，突出两江自然生态功能，以保护和自然恢复为主，以生态修复和城市修补为辅，重塑城市健康、自然、安全的水岸环境。

而在合川和潼南，我们已经看到了一个提前完成的模板，滨江生态修复的先行者。和重庆主城一样，"三江六岸"是合川重要生态廊道。在东津沱滨江公园，采风团探访了合川三江最美生态线，了解到合川坚持生态优先、绿色发展，推动嘉陵江、渠江、涪江流域生态廊道共建共治，把三江六岸水岸线既作为防汛抗洪的重要防线，又作为生活、生态、景观功能的重要载体。

赵家渡水生态公园，作家们见到了这个荣获中国水利优质工程"大禹奖"的全国首例生态防洪护岸工程都笑谈道，以前皆知钓鱼城举世瞩目，那是八百年前的先人们用血与生命留在史书上的印痕，而我们今天的合川人用智慧和汗水修建出来的这个赵家渡水生态公园同样是举世瞩目的，也必将会写入我们人类的生态发展史中，只不过还差了一点点时间的发酵。

潼南的大佛寺湿地公园依傍涪江而建，位于潼南老城区和大佛坝片区交汇处，环境绿化用地面积超过 17 万平方米，景观水体约 8330 平方米。据潼南区生态环境局副局长丁奎介绍，这块场地原为河道滩涂，是区委、区政府在做好生态保护和岸线修复的基础上，围绕打造休闲旅游的花园城市、现代宜居的滨江城市和绿色养生的田园城市总体目标，因地制宜建设而成的绿地公园，是高密度城市中难得的滨河滩涂绿洲。公园的建成不仅为市民提供了良好的休闲娱乐场所，改善了潼南区绿化面积少、布局不均衡的问题，还美化了城市西入口，提升了城市形象，达到了"一举三得"的效果。

有好几次我都会回忆起这次采风之行，回忆起一群作家在夜晚的滨江步行道上三五成群地漫步，且歌且舞，这是一种独特的集体生活记忆，是一种会穿越时空的记忆，像极了曾经的我们，戴着红领巾，拎着野炊用具，沿着江岸踏歌而行。

四川省眉山市作协副主席、散文学会会长张生全告诉我，他在潼南大佛寺外面的步道上看到了一段标线，标注了明代以来江水涨起来的最高线，这段标线给了他很大的震撼。实际上，我们走进潼南以来，看到的都是清澈平静而又宽阔的涪江水面，涪江两岸有面积开阔的有机蔬菜大棚，以及诸多景观错落有致的湿地公园，湿地公园里还有很多享受慢生活的市民，一切都显得岁月静好。不得不说，这些年来潼南的生态保护确实做得非常好，哪怕涪江是一条脾气暴烈的苍龙，涪江人也用科学的手段把它驯服，让它像江里的其他鱼虾一样，悠闲自在地遨游，和人类相互依偎，共同享受和谐幸福的生活。

同样在这里，一百多年前也曾有人发出过一声长叹，并勒石为记：丹山碧水。

丹山碧水是大佛寺湿地公园生态修复工程旁的一处摩崖石刻，这四个大字题于大佛岩石壁上，其后还有小字序为"……民国八年春，仲华行军次斯土，予亦在焉，翁朝夕与予偕游崖浒，尝谓青岩万仞，嵚崎崟巘，若与碧波流水争其构者，辄徘徊不忍去欤。竟半载之游，率以家事未果归，书四字以遗予，嘱为勒石。"

距今一百多年历史的这处石刻既是先人们对当时潼南山水的赞誉，也是对后世子孙们的期许，作家们都是感性的，站在这幅石刻文字下立刻就有了跨越时空和穿越古今的感觉，生态文明是亘古不变的话题和世世代代的追求，"绿水青山就是金山银山"，不仅有着极为重要的现实意义，也是我们能留给子孙后代最宝贵的财富。

"阅尽沧桑未改颜，依然碧水映丹山。扁舟夜泛红岩下，合似髯苏赤壁还。"

六

此次采风时间委实太短，走访的地方还是太少，可我的收获却是沉甸甸的。

一路走来，我们见识了山水的智慧。也许是起源于一场雨，也许是缘起于一场雪，每一条河流的源头都是从溪、泉、冰川、沼泽或湖泊处出发，细细的水流一路奔腾，收纳来自四面八方的小溪，最终成就了波澜壮阔。

一路走来，我们看到了绿色的希望。从城市污水处理厂到乡村生活污水处理站，再看沿江各地立足生态制度、生态空间、生态环境、生态经济、生态生活和生态文化六大领域精准施治，创新作为，走出的一条条经济发展和生态环境保护互融共生、互促共进的生态文明建设新路子。我们走进"中国最美休闲乡村"卢山村和沿口镇五一村晚熟柑橘基地等地，参观了"畜一沼一果"生态种养模式，对"政府主导、企业引领、农民主体"的建设思路和"大园区、小业主，集中连片、适度规模"的发展模式有了切身的感受，这是对"绿水青山就是金山银山"最真实的体验，我们看到这些地方已经掀开了书写生态优先、绿色发展之路的新篇章，"绿水青山"与"金山银山"并飞逐渐成为现实图景。

一路走来，我们见证了自然的力量。行走于天地之间，能一直感受到大自然的神奇魅力，惊叹于造物主的鬼斧神工。当面对它们时，我们往往会对人生、对事物多了一些更深的思考。与大山相伴，能感受到伟大的力量；与河流对话，能汲取到宽广的智慧。天空只有包容云，才能有彩霞；

当河流包容溪流时，它就显得广阔无垠；当土地容忍种子时，它会有大丰收；当我们珍惜眼前的一切美好，人类才有未来。

一路走来，我们都在反思着、展望着。我一直以自己是川江船工的后代而自豪，也因曾经亲睹母亲河被摧残、逐渐沧桑、渐渐愤怒、最终含血咽泣而悲伤，这都是因为长江早已融入到了我的血脉传承中，我多么地希望能让我们的子孙后代能看到我童年时那样澄清的江水，能惬意地踏浪欢歌在江边嬉戏，此行，我又看到了希望。

地辟云开，水流花放。

（作者简介：陈泰湧，男，1974 年出生，籍贯重庆万州。重庆市作协会员，重庆文学院第五届创作员，重庆文学院第一届中青年作家高级研修班学员。目前工作于重庆日报报业集团，任文学副刊编辑）

在金秋的原野上
万物和谐共生

邹安音

十

序 言

2022年10月30日下午，金秋的广安，大地生辉，山与河尽展笑颜，描绘着"伟人故里，滨江之城，川东门户，红色胜地"的绝美画卷，也迎接着第二届"双城绿动话发展 川渝作家环保行"活动扬帆启程。

为贯彻落实党的二十大精神，进一步加强生态文明建设和生态环境保护的文学艺术宣传，助推成渝地区双城经济圈生态共建环保共享，由四川省生态环境厅、四川省作协、重庆市生态环境局、重庆市作协主办，四川省小小说学会、重庆市文学院承办的此次活动，当天在小平故里——红色广安拉开帷幕。

天地之间，是人与自然的和谐共生。早在2022年6月5日的环境日网络主场活动中，中国作家协会副主席、四川省作协主席、四川省生态环境保护大使阿来就启动了第二届"双城绿动话发展 川渝作家环保行"的按钮。在广安的启动仪式上，四川省生态环境厅二级巡视员王前程，重庆市生态环境局二级巡视员彭启学，四川省作协副主席伍立杨和重庆市作协副主席、重庆文学院副院长张兵分别作了动员讲话。

从2022年10月30日至11月3日，四川知名作家刘裕国、张生全、邱秋、骆驼、欧阳明、邹安音和重庆知名作家何炬学、文猛、吴佳骏、赵域舒、罗晓红、陈泰湧等，深入到四川省广安市广安区、武胜县，重庆市合川区、潼南区等开展了采风采访活动，共谱文学书环保的华美乐章。

第一章
四川广安：金色原野绘新图

作家们行走广安，无论是乡村，还是城市，都如入画里。天空之下，大地之上，时空之眼见证了这里发生的一切：川渝环保部门携手共建、东西部扶贫协作加强、乡村振兴更上台阶、红色文化得以传承……一个个新时代的中国故事，讲述着伟人故里的新传奇。

一江清水：情系巴蜀大地

水是这片土地的万物之母。广安市水系发达，河流众多，共有20条跨省、市河流，境内共计12个国控断面，其中7个为川渝交界断面，包括1个共考断面。根据国家监测方案，从2016年开始，四川省广安市与重庆市合川区、长寿区共同开展上下游水质联合监测工作，每月1次。

从2022年9月开始，重庆市、合川区和四川省广安市、武胜县四个监测站开始对川渝共考河流南溪河进行为期1年的联合监测，以及对包括25个干流监测断面、43个一级支流、31个湖库和45个污水处理设施及典型雨污混排口，共计139个监测点位进行川渝混合编组联合采样，异地交叉互测，监测数据川渝共享互认，还绿于民。

巴山蜀水，川渝一家亲。两地环保部门在应急监测备勤制度、应急仪器日常维护、应急拉练或仪器操作培训、应急监测演练和培训等方面积极互动，同时做好6个川渝跨境区域水质自动站后勤保障和数据监控，尤其在嘉陵江重金属污染、渠江罗渡沉船、兴隆河综合治理等事件中达成共识，两地向重庆市科技局、四川省科技厅成功申报项目 2 个，较大地提高了科研技术水平。

秋阳烁金，作家们听完环保情况介绍后实地参观了广安市污水处理厂。它位于广安市广安区滨江东路，是广安市政府采用 PPP 模式引入国家开发投资集团旗下的中国水环境集团投资、建设、运营的重点项目。2015 年 3 月正式开工建设，2016 年 8 月建成并投入运行，设计日处理污水规模为 5 万吨，占地面积约 35 亩，可研总投资 2.3 亿元，主要处理广安市主城区的生活污水，服务人口约 29 万人。

该项目采用的是改良型多级 AO 工艺和第五代下沉式处理技术，设计出水水质指标达到《城镇污水处理厂污染物排放标准》（GB 18918—2002）一级 A 标准。有谁能想到这是四川省首座下沉式城市污水处理厂？生产区域全部在地下，地面上则是市民休闲公园，先进的处理工艺和除臭技术实现了土地节约、资源利用、环境友好的绿色经济环保理念，将传统污水处理厂所带来的"负资产"转变为了"正资产"，有效解决"邻避"问题，最大限度地发挥了生态环境效益和社会经济价值。

渠江水轻拍着堤岸，在她的低吟浅唱中，地下的污水处理厂却在静静地发生着惊天动地的质变。污水处理厂之上，江风轻拂着花木，拥吻着一座鲜花盛开的公园。江河、城市在此完美交融，天人和谐的生态环保理念在这里体现得淋漓尽致，独获殊荣的"广安市中小学环境教育社会实践基地""环保设施和城市污水垃圾处理设施向公众开放单位"，让环保更加深入人心。

广安的母亲河"渠江"笑了，其水质由十年前的地表水Ⅲ类水质稳步提升到现在的Ⅱ类水质；广安的乡村也是欢乐的，乡镇集中式饮用水水源地逐步完成水源保护区划定、规范化建设和环境问题治理，全部实现

"划、立、治"，水质达标率100%；广安的空气中含着泥土的芳香，全区建设并投入使用25套高空瞭望系统，对秸秆露天焚烧进行"识别定位—网格处理—反馈办结"闭环处理。

华蓥山下，渠江河畔，人们宜居、宜业不再是梦想，因为从2022年1月1日至10月29日，广安主城区优良天数多达280天！"作为一名基层环保人，当清晨被鸟语叫醒的时候，当散步感受清风徐来的时候，当戏水能看到鱼翔浅底的时候，我明白了环保工作的重要意义。而那些在烈日下测水样，在田间地头找排污口的日子，也都变得明亮了起来……"在第二届"双城绿动话发展　川渝作家环保行"启动仪式上，广安区生态环境局办公室干部张臣满怀深情的一番话，就是对这片土地最好的告白，也是对新时代环保工作和环保人心态的最好诠释。

行走广安，山也青青，水也清清。其实，每个环保人的工作任务是很繁重而艰巨的，但他们的想法却又是朴实而简单的，他们就想努力合奏出一首永恒的春之歌，在伟人诞生的地方，唱响永恒的《春天的故事》。

东西部协作带："浔栖江南"美景再现

10月31日，天气晴好。一大早，金色的阳光就刺破云层，如水般沐浴着这里的每一寸土地：大地花谷、百美村宿……这是一个不是江南胜似江南的地方，它有一个很美的名字，叫"浔栖江南"。

在这里，走过小桥，遇见流水；走过屋舍，遇见飞鸟……"浔栖江南"是2019年四川省广安市广安区与浙江省湖州市南浔区开展东西部扶贫协作引进的重点对口扶贫合作项目。它位于广安市大龙镇光明村，总占地面积约50余亩，投资2000万元，既是一处美景，也是架构在中国东部和西部的血脉桥梁，彰显着东西部扶贫协作的民族精神和风貌。

当粉墙黛瓦和青石板路出现在巴山蜀水的天府之国时，一个绿色生态的传统村落呼之欲出。人们之间相互约定：不移山、少砍伐、不填塘、不倒房。顺应自然，添绿造景，于是河滩荒地变草坪，绿林中镶嵌着星空泡泡屋，大家一起数星星。

更难能可贵的是，当"浔栖江南"生态司法修复基地于此正式建成并投入使用后，生活在这片土地上的泥猪儿、鱼鳅猫、猪獾、鼬獾等乡村朋友，再也不用担心有人猎杀它们，动物、花草、村落……形成一个有机的整体，写意成一幅宁静而安详的山水画。

乡村振兴示范区：果满园桑海绿竹丝誉全球

才出"江南"，又至龙安乡果园。一株上百年的龙安柚，似乎心有灵犀，早已经披上绿色的盛装出场，以满枝头的累累硕果示人，赢得众人钦敬和赞许的目光。

"柚子，还是广安家乡的好吃。"小平同志的声音似乎还回荡在中华大地的上空。这位自称是农民儿子的伟人，给予大地一腔赤诚的爱，家乡人便把这股爱的泉水浇灌出一个个绿色的果园。园区群众自建的沼气池或化粪池，及时处理生活污水和畜禽粪便等，让果园更加绿色和生态。

20世纪90年代龙安柚曾连续4次获全国柚类专项评比金杯奖，1995年获第二届全国农业博览会金奖，2003年龙安柚通过了四川省农作物新品种审定，2008年获准成为国家地理标志保护产品，2009年荣获中国西部国际农产品交易会深受群众喜爱展品奖。

从一棵到一片，从一户到一村，乡村振兴让它尽情地开枝散叶，一棵树真正带动了一个产业的发展。

龙安柚，一个安字，便装满了中国人最朴实的愿望和理想，就像家给人带来的祥和与安宁。自古以来，中华大地，有家就有院子，有了院子便有了繁衍和生息，从此薪火不灭。

"张家院子"就是其中一座。但这不是一座普通的院子，它叫武胜县张家院子农业开发有限公司，它位于武胜县白坪—飞龙乡村振兴示范区内的飞龙镇卢山村，始建于清朝康熙末年，现有农户108户，其中张姓82户，张家院子由此得名。

卢山村系中国竹丝画帘发源地，2013年荣获CCTV"中国十大最美乡村"提名奖，2014年评为"中国最美休闲乡村"。走进这里，最让人震撼的是竹丝画帘文化特色和大田景观，以及那些改建的农民新村，配套滨水广场、篮球场、污水处理等公共设施。村内不仅修建了垃圾处理站，还对农户厕所应改尽改，对垃圾进行分类管理，垃圾日产日清不落地，在全县率先实现了垃圾处理全覆盖。

谁能想到，中国乡村一个小小的院子，中国文联、中国电影家协会曾经进村进行慰问演出；举办过中国新丝路模特大赛总决赛、中央电视台心连心艺术演出等大型活动；2019年3月，还在卢山村召开了全省农村人居环境治理现场会，书写了新时代农民的传奇故事。

农民永远是这片土地的主人。正是丰收在望的时候，秋阳下，站在高处俯瞰，一个一个的果子闪着动人的光泽，躲在树杈后微笑，这便是武胜县的晚熟柑橘基地。

果子们是幸福的，就像生活在这里的人！沿口镇五一村和鸣钟镇龙鳌村的果林建设面积近5000亩，总投资3000万元，预计投产后年产优质水果10000余吨，总产值达3000余万元，可解决当地村民200人左右长期就近就业，带动附近农户户均增收5000元以上。更关键的是，基地秉承"产村相融、三产互动"理念，推广畜—沼—果生态种养模式，有机、绿色及无公害产品种植面积占主要农产品种植面积的62.8%。

粮满仓，果满园，这就是千百年来农民们苦苦追求的理想生活啊！果园之外，千里嘉陵，肥沃的土壤滋养出武胜的蚕桑产业。早在20世纪50年代末，这里的蚕桑文化便盛极一时。几经浮沉，近70年的摸索发展后，如今又走出了一条全新的经"桑"之路。

极目之下，桑海桑田。蚕桑对武胜而言不仅是产业，更是成为乡土文化的重要名片。种桑、养蚕、收茧、缫丝、织绸、销售全产业链发展，生态制度、生态空间、生态环境、生态经济、生态生活、生态文化六大领域同时着力，为推进污染治理、改善人居环境、发展绿色经济等方面取得显著成效，走出了一条经济发展和生态环境保护互融共生、互促共进的生态文明建设新路子。2019年武胜县被授予"中国蚕桑之乡"称号，2020年蚕桑园区被确定为省四星级现代农业园区。

大地之上，果林、桑园、院子……晕染出中国最美的乡村图画。

红色文化园：红岩精神代代传

《红岩》是一本书，但它却是播种在人们心灵深处的星星之火，无时无刻不在燃烧着沸腾的血，它也是用鲜血和生命谱写的一曲精神之歌。

武胜红色文化园位于武胜县飞龙镇白坪村，占地面积约100亩，总投资近5000万元，包括"一场"（即红岩广场）、"一区"（即思想建设工作展示区）、"一馆"（即初心馆）、"一故居"（即杨益言故居）。

走进这里，就仿佛看见了歌乐山、渣滓洞和白公馆，就仿佛走过每一步山上的台阶，走过每一扇监狱的大门，触摸到《红岩》的灵魂。一个乡村的温度，一个民族的精神内核，便于此完美体现！

第二章
嘉陵江畔：天光水色映武胜

涎涎泉水源出巍巍秦岭，它一路南下，沿途纳溪成流，汇聚成川，终孕育出母亲河长江最大的支流。嘉陵江全长一千一百多公里，在武胜境内竟然就有一百多公里。千里嘉陵，肥沃的土壤滋养出武胜厚重的蚕桑文化、红色文化、生态嘉陵江文化等。

穿过晚熟的柑橘林，走过张家院子和红岩纪念馆后，作家们又扑进了山水的怀抱，与这里的江湖亲近，去赴一场关于水文化的盛大演出；登上宝箴寨，去聆听山水合奏的天籁之音。

城：因湖而兴

嘉陵江流经武胜，被龙舟千年竞渡的呐喊声撼动心魂，于是境内积淀而成美丽的龙女、太极二湖，山环水绕后，又笔走龙蛇般在滩涂与山川中游弋，最后在朝天门投入长江的怀抱。

千里嘉陵，山水武胜，尽享天时与地利之和。太极湖，单是名字便引人入胜。清晨，薄雾袅袅从江面升起，一行人前往国家级水利风景区太极湖，想去寻踪心灵深处需要的慢和从容。

嘉陵江也曾沧海桑田，河道经多次切割变迁，构成西关、礼安、黄石、华封、中心五大河曲后，千回百转，终成"九曲回肠"之貌。1995年，人们在此修建东西关水电站，拦河筑坝，蓄水成湖，太极湖由此而成。

远眺神奇的东西关，两个大河湾连环紧扣，背靠背，一湾流长 22 公里，为阳鱼；二湾流长 18 公里，为阴鱼。其状如太极图，故得其名。传说以前水路繁忙时，靠江而居的嘉陵江船夫早餐后在东关或西关起航上下 20 公里左右，晚上又回到弯曲的岸边，下船回家吃晚餐。

船过湖泊，凤凰抱蛋、岩墓群、猴子石、西关寨、桃竹寺、汉王墓、书岩、龙泉洞、仙人洞、汉初县城遗址、唐窑遗址、狮子山、东关寨、石锤打石鼓等景观景点尽收眼底，与"沙燕闹春""十里松林""太极秀色"等自然风光融为一体，忽然领悟到武胜城里的人节奏不紧不慢，宁静而从容，就像古老太极湖蕴含的哲学境界。原来这里，就是小城人最珍贵的绿色健康生活！

千百年来，小城人的生活不需要规划，随性随心，但是现在他们却把自己的居住地规划得舒适安逸。在龙女湖规划馆的声、光、色、电中，能真切地感受到什么叫"匠心"和"慧心"：围绕"中国西部著名的江湾湖畔休闲旅游城市"发展定位，依托沿江山水资源，串联生态景观，打造嘉陵画廊，致力于建设休闲之城、公园之城、生态之城。

自古以来，中华民族逐水而居，城因水而兴。所以城市按照生态、形态、业态、文态"四态合一、有机融合"的理念，注重城市生态保护和个性化设计，坚持依山而建、沿江发展，保护好天际线、水岸线、山脊线、绿色线，高品质推进龙女湖片区、仁和片区等城市新区建设，形成尊重自然、依托生态、注重品质的发展模式。

城市因水而兴。以嘉陵江武胜县城段为主体，按照"一个节点一个景观"的要求，建成印山公园、黄林溪山体公园、中滩湿地公园等主题小公园 7 个；建成龙女湖水秀演艺广场、人民广场、滨江廊道、沿口古镇等生态休闲地；建成生态水道、慢行步道、观光车道 20 公里；打造出城美、山秀、水清的休闲胜地。

放眼望去，一座现代化的大桥横跨两岸，城市因此交通便利。而那些曾经盛极一时的古老码头和渡口，作为当年丝绸之路水道上的重要节点，都渐渐沉寂了下来，被历史的风沙遮挡，成了被追忆的珍贵文化。

纵观中华民族五千年的发展史，文化是根本。江河之间，城市因水而兴，文化也是一个城市的灵魂，基于此，武胜水秀演艺广场应运而生。水秀演艺广场位于龙女湖滨江廊道中段，占地面积约 36 亩，总投资约 4000 万元。水秀演艺广场运用帆船和龙舟元素，融入地域独特的水文化和传统龙舟文化，以灯光秀、水幕秀为特色，打造出集文艺演出、水上运动、赛事举办（龙舟赛、赛艇赛、皮划艇赛）等功能为一体的大型滨江观礼广场。

国脉盛则文运兴，文运兴则民昌盛，民昌盛则心安宁。拥有山水之胜的武胜，胜在这生逢盛世的好际遇。

山：因寨而荣

山是一座寨，寨是一座山，远远望去，川东北武胜县方家沟村的宝箴寨嵌入了脑海，那高大威严的寨楼，还有那陡峭险峻的城墙和瞭望四方的哨口，一眼入脑，再也不忘。

从防御设施来说，古寨有地道、暗门、碉楼、炮孔、高墙……从生活条件来看，有粮仓、厨房、戏台、水井……

小心翼翼推开寨门，一旦置身其中，又恍若隔空离世：那清澈的水井，远去的戏楼，雕花的窗棂，紧锁的四合院……到哪里还能去找这么好的一处社会历史遗迹，去还原一段人间本来就有的烟火生活？

根据资料介绍：宝箴寨属于国家重点文物保护单位，它和中国传统村落的方家沟村相得益彰，距县城仅 25 公里，约 20 分钟车程，交通十分便捷。始建于清宣统三年（公元 1911 年）秋，矗立于蜀中万顷良田之上，掩映在千重绿荫之中，伟然、巍然，透露着当年段氏豪门的豪气、霸气。东西两塞布局全依山势而定，要塞占地 1.5 万平方米，含 8 个天井、108 道门，塞基地势险要，塞墙固若金汤，塞内起居、娱乐、仓储、消防、制造一应俱全，宛若一个城堡。

古寨里有真实的人生活过，今天各种各样的电视剧或者电影也在此选址拍摄，各种人物和命运抗争，最后都殊途同归，化为大自然的一抔土，成为历史的印迹。时光老去，年华依旧，今天的宝箴寨，珍藏着岁月的记忆，守望着这里的村落，还有乡情！

第三章
重庆合川：三江最美江岸线"还江于民"

连日晴天，大地生辉。11月2日，参加第二届"双城绿动话发展　川渝作家环保行"的作家们告别四川武胜，顺江而下至重庆合川。在渠江、涪江和嘉陵江交汇的地方，漫步鲜花盛开的江岸，或者在钓鱼城墙上看江上涌动的碧波，怀古幽思之情顿时如天上的白云般，荡漾在水中央。

滨江湿地护江城

人至合川，一眼看到的就是江，清澈碧绿，像一湾温润的玉石，铺陈在城市的心上。

合川人最不缺的就是水，嘉陵江、渠江、涪江于此汇合，境内水网密布水源丰沛，共有河流251条，水域面积达96平方公里，河流总流程1793公里，年过境地表水流量约711亿立方米，人均拥有水量是全国的19倍。

有水便有了一切，合川人最自豪的就是有很多的滨江公园。东津沱滨江公园、赵家渡水生态公园、花滩滨江市政公园、涪江滨江公园等20多个亲水休闲公园，把城市变成了一座地地道道的拥江水城。

作家们最先参观的是赵家渡水生态公园。它坐落于合川城区涪江右岸，起于铜溪镇沙湾河出口，止于涪江三桥，全长2.3公里，占地面积320.7亩，总投资3.34亿元。

金色阳光暖暖地照在身上，不是春光胜似春光。褐红色的巨石上，标识醒目而赤诚，与它脚下的红艳花朵一起，热烈地欢迎着踏进这片土地的每一个人。公园里有人跳舞，配以很好听的音乐"画你"。是的，这片湿地真的是用心画出来的，湿地这边，花圃竞艳；湿地对岸，城市林立。它们两两相望，中间江水清澈纯净，白云飘落进水中。

为了还江于民，赵家渡水生态公园以人水和谐、生态治理的创新理念，优化设计、改良工艺，采用"石笼护脚"、自然植被护坡等堤型，着重将小安溪流域打造成为水生态城市示范河段，使植物覆盖整个护坡，极大地还原了湿地生态环境，促进自然、经济、社会的和谐发展。同时，又为广大市民提供了一条生态、亲水的休闲健身步道。

另外，赵家渡水生态公园还将河道治理与水生态保护有机结合，将防洪排涝、生态修复、城市景观、休闲游览等多功能集于一体，是全国首例生态防洪护岸工程，荣获中国水利优质工程"大禹奖"。

如果把大江大河比喻为"主动脉"，那么农村的条条河流就好比是它们的"毛细血管"。为解决生活污水随意排放对三江水质的影响，合川严格落实河长制，从源头加强水污染治理，在全市率先启动了农村 25 户以上重点聚集区生活污水处理设施建设，才有了这随处可见的美景。

大禹石像下是花海、草滩、栈桥……天空中是飞鸟、白云……世间万物皆生命，它们正与合川的人和谐相处，同融共生。

站在东津沱滨江公园的观景平台瞭望，"三江六岸"是合川重要的生态廊道。合川摒弃过去"滨江不见江、近水不亲水"的粗线条发展，推动嘉陵江、渠江、涪江流域生态廊道共建共治。把生态保护、经济发展、防汛抗洪、生活休闲等功能布局和山、水、路、岸、产、城等空间元素完美整合，打造成生活岸线、生态岸线、景观岸线"三类最美岸线"。

随着"三江六岸"治理成效的不断显现，水域生态环境持续改善，每年冬季，大量红嘴鸥为了躲避北方的严寒，都会成群结队迁徙到合川，把这里作为过冬的温暖家园。

钓鱼古城聚人心

走进合川，走过历史的繁华和烟云，走进钓鱼古城。其遗址位于重庆市合川区东城半岛的东北部，控扼三江，自古为"巴蜀要冲"。

从公元1243年到1279年，南宋合州军民在守将王坚、张珏的率领下，据此钓鱼城天险，运用"以攻为守，主动出击""耕战结合，坚持抗战"的战略战术，历经大小战斗两百余次，抵御了当时世界上最强大的军事力量——蒙、元精锐之师，实现了"控制交通大动脉——嘉陵江""屏蔽蒙、元大军出川通道"的战略目标，创造了守城抗战36年这一古今中外战争史上罕见的奇迹。1259年，蒙哥汗（元宪宗）在御驾亲征钓鱼城之战中战死，由此，钓鱼城以改写世界中古历史的英雄之城驰名中外。

踩过一字城墙黎青色的石板，把玩着古代战场的简单兵器投石机，把头搁置于墙垛口间，俯瞰着面前的三江交融口（嘉陵江、涪江和渠江），以及城门口下水军码头遗址，侧耳聆听历史的足音，是不是想要捕捉江中沉淀的故事，打捞远去的逝水流年。

古城的跑马道上，马鬃飞影声声蹄，一头在这里，一头在关外；掘石场里，汉子们甩开膀子，大块大块的石头像山般被堆置在投石机旁。世代生活于此的人们用累积的智慧，以最简单的武装方式来维护自己生存的权利。谁能料，一个简陋的投石机、一块普通的石头，竟然致命地击中了蒙哥汗，让他魂断三江。

抚摸着钓鱼山"独钓中原"几个大字。举目远眺，视野里满目葱郁，良田沃野，森林参天。足下峭壁林立，远处碧波浩荡。走过8公里长的古城墙，走过 4700 名守将浴血奋战的地方，你说究竟是英雄造时势，还是时势造英雄？支撑起江山底线的，你说到底是威武不屈的人心，还是固若金汤的城垣？

一场胜战让合川蜚声中外，三江交融的独特地理优势，也让它成为中国大西南内陆的一颗明珠。历史远去，不见硝烟和烽火，唯有"国家级风景名胜区""全国重点文物保护单位"这珍贵的文化财富和"山、水、城合一"的自然美景，才是永恒的！

第四章
重庆潼南：江舟花堤悠悠走

11月3日，第二届"双城绿动话发展　川渝作家环保行"活动完美收官。奔腾的江河至此放慢脚步，在重庆西北部与四川交界的潼南区缓缓流淌。这里是中国共产主义运动先驱、中共重庆地方执行委员会第一任书记兼军委书记杨闇公烈士和新中国第四任国家主席杨尚昆同志的家乡，有着"西部菜都"别称的潼南，续写着巴渝大地的新华章。

慧心织绿洲

古桥这边，江堤之上，进入潼南大佛寺湿地公园，天上飘着些微云，阳光不再炽热，人的心绪平静了许多。就像那一江清清的水，从从容容地从石板桥下流淌而过，去往更远的远方。地上石板路的青苔和崖壁褐红的巨石映衬，更显这片土地的沧桑和古老，一如佛的眼睛，看过世事浮沉，却依然那么明亮有神。

物华天宝，人杰地灵；出则繁华，入则清幽，这应该就是大佛寺湿地公园慧心独具的一面。它仿佛与世隔绝，却又处处召唤着人们。湿地公园依涪江而建，位于潼南老城区和大佛坝片区交汇处，南侧紧邻大佛寺景区，环境、绿化用地面积约170268平方米，景观水体8330平方米。

"江舟花堤悠悠走，三千须弥漫漫寻"。行走在湿地公园，在大佛明亮的眼睛注视下，内心不染一丝杂尘，就像面前的江水一样清澈，山花一样素洁，小草一样青绿，仿佛行走在自己的内心。

眼前的江河是经历过潮涨潮落的，就像岁月的更迭，时空的变换。大佛寺湿地公园其原地貌为涪江河道滩涂，如何把潼南的航运文化表现出来，如何体现大佛寺湿地公园的本土文化特性，让城市滨河湿地景观公园别具一格，这需要蕙心兰质的发现和体验设计。

大佛寺湿地修复方案颇具慧心，尊重传统的本土文化，在做好生态保护和江岸线修复的基础上，围绕打造休闲旅游的花园城市、现代宜居的滨江城市和绿色养生的田园城市这个总体目标，因地制宜建设成绿地公园。

清水出芙蕖。大佛寺湿地公园在一个 99 公顷的人工湿地上，用一种类似荷花叶脉的肌理，控制全局，水泡湿地重复出现，配置各种乡土植被而形成旷野本底，这是高密度城市中难得的滨河滩涂绿洲。

大佛寺湿地公园建成后，不仅为周边市民提供了良好的休闲娱乐场所，还解决了城区绿化面积少且布局不均衡的问题，美化了城市西入口，提升了城市形象，达到了"一举三得"的效果。

湿地就是城市的肾，护佑着人们安居乐业；湿地也是江河的眼睛，让它们的内心时时刻刻都保持着洁净和明亮。行走江堤，暖风吹得游人醉，能不醉吗？涪江潼南城区段水质常年保持在 Ⅱ 类，曾获评 2021 年重庆市美丽河湖呢！

匠心治河道

江河放慢脚步，原野上的小溪流就增多了，人间也增添了很多的烟火色，一个一个的古镇和村落就是小溪流栖息的地方。

漫步在潼南区的双江古镇上，踩着很有年代感的青石板，想象着不知道有多少人从这上面走过，又有多少人喝过这小溪的流水？

浮溪河、猴溪河是古镇的血管，滋养着这一方的人和土。但反过来，这一方的人和土却又都曾经生过病，如急功近利……让大地、花草都失去了它本来的模样，河道综合整治迫在眉睫。

好在古镇人做什么都讲究匠心。为解决双江河道污水渗漏、河道岸坡积淤、边坡滑坡阻塞河道的情况，潼南双江古镇景区浮溪河、猴溪河综合整治工程提上日程。通过物理、生物及生态修复相结合的治理措施，在提高河水系自净能力、改善河道水体水质、加强岸坡稳定的同时，还美化了双江城镇环境，为居民打造了景美水绿的生态环境，重新构建了健康完善的水体生态系统，让双江古镇的生命力得以延续。

河道不会辜负每一份匠心。民居之外，田野之中，再细细观看，河岸坡上碧草茵茵，护水护田，稳定美观；曾经污浊的溪水华丽转身，河道内水生动植物品种多样；河道整治效果显著，实现了"水净、河畅、岸绿、景美"的生态环境。于是，小溪流哗啦啦地唱着歌儿，走向了自己想要去的地方。

安心侍菜园

行走乡村，山川河流依然，但发现乡村早已不是当年的乡村，现代农业的观点似乎深入人心。乡村振兴势在必然，中华的乡村大地上，一些传统的东西正在悄悄地发生着变革，如接下来看见的农民蔬菜大棚，就着实让作家们开了眼界。

老百姓的一日三餐最缺不了的就是新鲜蔬菜。罐坝蔬菜基地位于重庆市潼南区太安镇罐坝村，距离潼南城区大约十公里，是一个涪江环绕的冲积平原，同时也是中国西部菜都——潼南著名的蔬菜基地。

在这里，蔬菜可以长在地里，也可以长在空中，或者调皮地挂在墙上；冬天的蔬菜可以在夏天出生，夏天的蔬菜也可以在秋天问世；农民不需要扛着锄头进田野，他们要做的，就是安心地守在电脑边，专心地和外界的人做着买卖。

罐坝蔬菜基地拥有国家现代农业示范区核心区万余平方米的玻璃建成的智能蔬菜博览园，配备可移动天窗、升降温系统和遮阳系统，由电子系统控制室内温度、湿度和光照，并运用土培、水培、雾培、袋培、立式栽培等诸多与高科技牵手的栽培方式，孕育出各种奇蔬异果。

罐坝村是潼南国家现代农业示范区的核心区，村里有工厂化育苗中心、标准化蔬菜基地、环保养猪基地、标准化钓鱼竞技比赛场等产业和设施，还有具备休闲度假、观光采摘、文明传承、教育培训等功能的泰安农庄。

据悉，潼南区共建成高标准万亩级蔬菜基地 12 个，罐坝蔬菜基地只是其中之一，这对于今天的农民而言，真骄傲，真巴适！

结束语

11 月 3 日，在重庆市潼南区，为期五天的第二届"双城绿动话发展　川渝作家环保行"活动完美收官。

回顾行程，充实艰辛；回顾点位，丰富典型。作家们早出晚归，深入实地采访调研，为贯彻落实党的二十大精神，进一步加强生态文明建设和生态环境保护的文学艺术宣传，助推成渝地区双城经济圈生态共建环保共享等，讲述了美好的中国故事。

这里有青绿山水画面般的展示，如四川广安的"浔栖江南"东西部协作示范工程项目和生态司法修复基地，武胜县太极湖国家级水利风景区和龙女湖规划馆，重庆市合川区的赵家渡水生态公园和东津沱滨江公园，重庆市潼南区的大佛寺湿地公园等。从"浔栖江南"中可以看出，中国的西部和东部不再遥远，东西部扶贫协作的民族精神和风貌，让江河和大海的风骨合二为一；在太极湖国家水利风景区和大佛寺湿地公园中，尊重传统，因势利导，其中所蕴含的佛教和道教文化，让古今相连，民族相依，天人合一；而赵家渡水生态公园和东津沱滨江公园，则体现了人们化腐朽为神奇的创新精神，中国大禹的治水精神，也在中华大地上代代传承，史诗般雄伟壮丽。

这里还有现代农业和乡村振兴示范园的呈现，如四川广安的龙安乡龙安柚母本园，武胜县的蚕桑现代农业园区、"张家院子"、五一村晚熟柑橘基地，重庆市潼南区的太安镇罐坝蔬菜基地等，有机、绿色及无公害等理念深入人心。其中的科技融入农业，从根本上改变了传统农业规模小、人力不足、耕地资源有限等劣势，集约化、规模化、产业化等现代农业欣欣向荣，书写了新时代农民的传奇故事。可以预想，中华大地上，一幅幅乡村振兴的壮美画卷，必将徐徐展开。

除此以外，此次点位还增添了让人赏心悦目的人文风景和生态环保相结合的著名景观景点，如四川武胜的红色文化园和宝箴寨，重庆市合川区的钓鱼城遗址公园等。综观世界，只有中华民族的文明从未断代，这是炎黄子孙的骄傲。文化是一个民族的灵魂，只有不断传承与创新，才能走向更加辉煌的未来。其中四川武胜红色文化园的红岩精神，以及宝箴寨的建城格局和历史遗迹，还有重庆合川钓鱼城所体现出的军民众志成城的坚强意志，都是人们书写的一部部伟大的典籍，值得品读和鉴赏。

自古以来，巴山蜀水，川渝一家亲。这当中点位与点位之间反映出来的美，不是孤立呈现出来的美。如根据国家监测方案，从2016年开始，四川省广安市与重庆市合川区、长寿区共同开展每月1次的上下游水质联合监测工作；从2022年9月开始，重庆市、合川区、广安市、武胜县四个监测站开始对川渝共考河流南溪河进行为期 1 年的联合监测。在成渝双城经济圈建设工作方面，潼南区还与遂宁市联合印发《遂潼生态环境保护一体化发展 2022 年度工作方案》，将生态环境保护"十四五"规划、遂潼川渝毗邻地区一体化发展先行区发展规划等深度融合，并开展多次联合巡河、监测、执法等工作。

天地之间，是人与自然的和谐共生。沿着江河行进，风景如诗如画，但最后归结为一点：那就是离不开环保人打响的守护家园保卫战，如四川广安的污水处理厂、重庆合川的临渡村农村生活污水处理站、重庆潼南的双江古镇浮溪河和猴溪河河道综合整治工程，就形象直观地显示了出来。回望这几天的蓝天和白云，青草和泉流……在一个个美丽的景象背后，是勤劳执着的环保人在负重前行！

第二届"双城绿动话发展　川渝作家环保行"完美落下帷幕，既是对此次活动的完美诠释，更是对启动仪式呈递的一份满意答卷：眼底是青绿，心中是爱恋！

十一

罗晓红

一幅徐徐展开的秀美画卷

秋天，虽不像春天一般百花盛开，朝气蓬勃，也不如夏日枝繁叶茂，激情澎湃，但它有独特的秋色和诱人的果实奉献给人们。"春种一粒粟，秋收万颗子"，作为川渝作家环保行的见证者，在阳光洒满大地的秋日，我就像一个背着行囊去采摘生态环境保护果实的行者，去了解生态环境与经济发展、民生福祉等的密切联系，去看生态环境守护者们平凡的日常工作，去感受这些年来生态环境保护发生的巨大变化。车窗外，天空蓝得迷人，一团团棉花似的白云欢快地变幻着造型，仿佛有无穷无尽的故事向我讲述。

ᔓ

一

船载着我们驶进武胜的太极湖，放眼望去，湖水清澈，辽阔的水面烟波浩渺。湖的两岸，青山如黛，农舍、蓝天和峰峦倒映在湖中，宛如画家用彩笔调出的美丽风景画。站在船尾，轮船犁出的浪花展开"翅膀"，像巨型凤尾，美轮美奂。而风，悄悄把远处的船和云朵吹走，又把太极湖的往事和历史吹了回来。

"井径东川县，山河古合州。木根挲断岸，急雨沸中流。关下嘉陵水，沙头杜老舟。江花应好在，无计会江楼。"南宋著名诗人范成大游历太极湖，写下了《嘉陵江过合州汉初县下》。当代著名诗人梁上泉赋诗："天生太极东西关，一览三图互入环。天下奇观若如此，阴阳鱼跃碧波翻。"无论古今，太极湖都充满了诗意，成为文人墨客笔下的最美篇章。说起太极湖的前世今生，当地人非常自豪，他们甚至把"千里嘉陵，武胜最长"直接改成了"千里嘉陵，武胜最美"！

嘉陵江挟秦陇风雪一路奔腾，进入广安蜿蜒117公里，沿东关沱、西关沱，左环右绕，千回百转，形成了三个阴阳鱼互相环抱的"天设地造、举世无双"的河曲地貌，盘曲而成阴阳太极图形。西关为阳鱼，东关为阴鱼，阴阳相抱，天造地设。武胜的先民们在三个太极地貌较大的太极之阴鱼鱼眼处，构筑了汉初古城，并在阳鱼鱼眼处厚葬了筑汉初古城之汉王雍齿。修建东西关电站时，拦河筑坝，截江成湖，旅游胜景太极湖由此而成。

美丽如画的太极湖，有万千动人的传说，无数神奇景观点缀在绿树密林之间，奇山异水之上。石锤石鼓的传说感天动地；汉初古城遗迹，默默锁定着一段辉煌的历史；巍巍大坝犹如长龙卧波，人造船闸恰似鬼斧神工。狮子山、太极岛上，云蒸霞蔚。置身其间，有"人在画中，岁月不知晓"的飘然之感。

特别是在石龙河与嘉陵江的汇合处，那里的"沙燕闹春"可真是一处绝妙的自然风景。介绍这一处景点时，陪同我们的工作人员脸上流露出骄傲的表情。"你们春光明媚之时来看嘛，山岩处的燕穴密密麻麻，高高低低，层层叠叠，错落有致，成千上万的燕子忙忙碌碌地觅食，又有不计其数的燕子叽叽喳喳在阳光下嬉戏私语，就像一幅动态水墨图。"

这里水碧山青，正是良好的自然生态环境造就了燕影婆娑的奇观。生态河流美，滋养着沿江人民生生不息，嘉陵江沿岸生态肥美的滩涂地，也让两岸百姓过上了更好的日子。

听完工作人员的介绍，我从船尾走回船头，举目远眺，想象着春天里，两岸盛开的桃花在枝头怒放，像一片片粉红的胭脂，把富饶的山河染成了一团团云霞；那盛开的梨花，一簇簇绽满枝头，玲珑纤丽，如云似雪，好像是一朵朵白云从天空中飘下来；那金灿灿的油菜花，像一层金黄色的巨型地毯，向远处延伸，一直伸向天边，菜天相连，该是多么壮观秀美的风景啊!

近年来，武胜发挥"拥江临湖"优势，让沿岸居民既"种庄稼"也"种风景"。武胜人在嘉陵江两岸植树造林，种植桃树、油菜和葵花，让嘉陵江一年四季都风景如画。当地环保人更是把"绿水青山就是金山银山"的理念落实到实际行动中，他们将嘉陵江流域纳入国土空间规划，确保生态优先；他们坚持山水林田湖草一体化，分类有序实施生态保护与修复；他们建立完善县、乡、村三级河湖长制体系和横向到边、纵向到底的"河长＋警长＋检察长"责任体系，从2017年至今累计巡河12万余人次，协调解决河湖突出问题620余个；他们把水面漂浮物和沿岸垃圾打捞清理得干干净净，让河湖水清澈如镜；他们用绣花功夫、钉钉子精神去攻克一个又一个难题，去改善水生态环境质量；他们发扬"用双脚丈量河流"精神，守护着秀美嘉陵江，筑起了长江上游嘉陵江流域的生态安全屏障；他们巧用心思，花大力气，以治理促发展，让嘉陵江出川断面水质长期稳定达到国家 Ⅱ 类水质标准，部分时段水质达到 Ⅰ 类；他们给了长江最清的一江水，给了嘉陵江最美的一段江……

作为"最美基层环保人"，广安市生态环境局水生态环境科的常晓飞感触很深，他说："在基层，环保人工作干得很辛苦，但碧水长流、鱼翔浅底、河畅岸绿的美景多了，百姓的获得感、幸福感提高了，环保铁军的责任和担当得到了肯定，这个时候是环保人最幸福的时刻，也是当代基层环保人的精神内涵和时代价值所在。"

长期生活在长江边的重庆作家文猛实地参访后，感慨道："嘉陵江清着她的清，绿着她的绿，浪着她的浪，一江清水流到长江，三峡工程，江湖巨变，不变的是江的清，江的绿，江的势，江的魂，这是不争的事实，嘉陵江前方是长江，长江前方是大海，大海前方是天空，生生大江，生生不息。"

二

　　如果说太极湖地灵水异，神奇莫测，自然生态环境浑然天成，尽显秀丽之美，那位于重庆合川的赵家渡水生态公园和东津沱滨江公园，不但体现了"化腐朽为神奇"的创新精神，更成为了城市最灵动的美景。

　　城在水中，城水相依。嘉陵江、涪江、渠江三江汇流的合川，水系发达、河溪纵横，河流总流程达 1647 公里。合川区临水而建、因水而兴，三江六岸岸线总长为 454.34 公里，丰富的水资源是合川建设山清水秀美丽之地的天然"底色"。近年来，合川将岸线清理整治与生态保护相结合，还江于民、还岸于民、还景于民，让三江岸线既成为防汛抗洪的重要防线，又承载生活、生态、景观功能，一幅山水相接、岸绿景美的滨江廊道画卷正徐徐展开。

　　"沿江尽绿洲，平岸秋色秀。"合川古为巴国别都，是巴文化的发源地之一，更因三江汇流而得名。据《合川县志》记载："赵家渡是合川至成都古驿道上的第一个渡口"，可谓历史悠久，而在小安溪流域赵家渡段，一座体现"人水和谐"理念的赵家渡水生态公园则修建在合川涪江三桥和涪江四桥之间。街区入口一块巨大的褐色石头上刻着"赵家渡水生态公园"，公园内栽有罗汉松、香樟、龙眼、栾树等树木以及色叶丰富的开花植物，将整座公园装扮得清新亮丽，让人赏心悦目。

　　沿着长长的滨江栈道，漫步赵家渡水生态公园，仰望天空，云朵悠然移动，一群群飞鸟列队飞过。远看江边，那里另有一片天：云影在江中徘徊，两岸的水草、树影倒映在江水中，粼粼水波，像丝绸上的细纹，光滑迷人。"西塞山前白鹭飞，桃花流水鳜鱼肥。""绿树村边合，青山郭外斜。"我一直认为，这样美丽的自然生态环境只存在于古诗词里，看着眼前的景象，时间仿佛静止下来，有一刹那我忘了自己身在车水马龙的县城之中。

踩着一排长长的石梯来到江边，发现有人正捡起地上的石块，玩着打水漂的游戏。他把身子一侧微微下蹲，右手用力猛地一挥，石头便飞快地旋转着，一跳一跳的，贴着水面向远方飞去，激起一串串小浪花，然后又腾空而起，飞舞着，落到几米外的水里，最后沉了下去，泛起一圈圈涟漪。看江边的人玩得兴起，我也拾起一块石头，眼睛瞄着前方的水面，双腿微曲，倾斜身子，把石头扔了出去。结果石头绕出一道弧线，只听见"扑通"一声，就直直坠入河中。同伴大笑不止，也弯下腰，随意捡起一块小石头朝河面甩去，那石片像一只矫健的飞鸟，在河面上一连溅起八九朵水花，滑出一连串漂亮的弧形才沉了下去。玩得兴起，捧起江水泼洒到同伴身上，嘻嘻哈哈的大笑声仿佛把我带回到了无忧无虑的童年时光。

在江边，合川区水利局的李达明给我们介绍起这座美丽的亲水公园。毋庸置疑，这个公园他无比熟悉，也最有发言权，因为他是当年赵家渡生态堤防工程的技术负责人。谈到公园的前世今生，身材微胖，身着深色西服的他眼里闪烁着激动的光芒。对他而言，这座公园就像自己的艺术品，每一处，都付出了心血去雕琢。这座亲水公园，其实是一项生态堤防工程，堤防位于合川城区涪江右岸，上起沙湾河出口，下至涪江三桥，不但获得市级水土保持生态文明工程奖，更是获得过水利工程行业优质工程的最高奖项——中国水利工程优质（大禹）奖。

过去的赵家渡就是涪江岸边的荒滩，岸边荒草丛生，一到汛期江岸就被洪水淹没，污泥遍地。后来，合川启动了城区涪江上段防洪护岸工程（赵家渡）段项目，共治理河道 2355 米，新建生态堤防 1919 米，新建穿堤排洪箱涵 4 处，防洪标准由过去的不足 5 年一遇提高到 20 年一遇。

被问及工程建设时，李达明打开话匣子，滔滔不绝，如数家珍。他告诉我们，以前的堤防工程一般都采用"钢筋砼、高挡墙"护坡的固有模式，而赵家渡生态堤防工程则摒弃了这个传统，采用抛石＋格宾石笼网护面的方式，达到稳定岸坡的目的。特别是施工时采取的石笼网措施，不但起到了岸坡保护的作用，还为水生植物、鱼类提供了必要的栖息场所。石笼网就是用钢丝装载鹅卵石作为护面，网中的鹅卵石之间存在缝隙，能给鱼儿产卵提供空间。

赵家渡生态堤防工程是和赵家渡水生态公园同步设计、同步施工、统一建设的，这样不但避免了重复投资，缩短了工期，还实现了防洪效益和生态效益的有效结合。因为生态堤防工程和公园同步设计、施工，公园的景观布置也层次分明，除美观外，更具有层层拦截、降低雨水冲刷力的作用，加上整个工程绿化率超过 80%，几乎没有裸露地表，有效控制了水土流失风险。公园建设时，不扰动临江地貌，保证了沿江驳岸原生态，并且公园依山就势，在岩壁区域修建了悬空栈道，构建起一条沿江生态景观长廊，在不破坏岸线的情况下，提升了亲水性，让居民在休闲漫步的同时，离一波碧水的距离更近。

赵家渡水生态公园的巧思让人惊叹，东津沱滨江公园也让人印象深刻。从过去的滨江不见江，到现在的近水也亲水，合川打造三江最美岸线背后，正是当地践行"共抓大保护，不搞大开发"交出的生态答卷。其实，岸线和功能区的关系，就像项链及镶嵌其间的珍珠。为了把滨江岸线这条城市项链"串"得更长，建设者们开动脑筋，下了一番功夫。在合川城里，西起南屏嘉陵江大桥，东至重棉四厂，占地约 495 亩的东津沱滨江公园以前是天然的湾区，虽然人文历史厚重，地势平坦，但这一片原生态的江岸区域，放眼望去只能看见光秃秃的土堆和一片片丛生的杂草。为了有效利用存量土地，改善生态环境，有"城市客厅、市民中心"之称的东津沱滨江公园便应运而生。

东津沱滨江公园所在的区域是合川三江交汇后第一个弯道，有合川第一湾的美誉，也是古城合川八景之一"东津渔火"旧址，历史底蕴深厚。嘉陵江、渠江、涪江在合州鸭嘴汇合向东流去约2公里，转弯处形成一个回水沱，因此名为"东津沱"。过去，这里渔船云集，白天热闹非凡，上行的纤夫们拉着纤绳，喊着一声声整齐有力的号子，那号子又像是潮水，拍打着江岸。在声声号子中，渔船参差不齐地消失在江面上，渐渐远去，而那声声号子也随着波浪逐渐消散，隐藏在江水的哗哗声中。下行的船夫们摇着橹唱着欢乐的歌曲，嘹亮的歌声仿佛能穿透云霄。暮色苍茫时，积蓄了一天力气的渔舟又争相竞发，船上的渔火倒映江面，也跟着沱湾的微波起伏荡漾。远远看去，船上灯光点点，忽明忽暗，闪烁在微波细浪之中，岸边光影与天上皓月繁星交相辉映，构成了东津渔火的别致风景。因草街航电枢纽建成，蓄水导致嘉陵江水位上涨，东津沱水湾便不再如以前波涛汹涌，暗潮涌动，但宽阔的江面碧水苍茫、波光浩渺，更增添了江城灵韵景象。

陪同人员告诉我们，东津沱滨江公园以"百里三江城，合州第一湾"为主题，以疏林草坡、花带、观景平台、园路、江景为主要景观元素，以贯穿东西方向的4米宽自行车道为道路骨架，配置景观园路、下沉式演出广场、景观喷泉等配套设施，着力凸显休闲、观赏及游乐特色。公园的建设很有特色，分为上下两层。上层是一条横向贯穿整个公园的飘带道路，根据其地形高差以及地基特征，打造出2.2公里的渔火长廊；下层为沿江岸的滨江驳岸道路，有效地连通了文峰塔公园滨江岸线道路，从而将合川"三江六岸"景观融为一体，遥相呼应。漫步在公园红黄相间的人行步道上，像踏着一道道彩色霓虹。公园内，江园相伴，景水相依，园里鸟语花香，江中倒影涟漪，局部大斜坡一片片绿色草坪、花锦灌丛树影婆娑，炫丽多彩的景观长廊，一应俱全的休闲游乐设施将公园与自然高度融合，让人恍如处在远离城市喧嚣的自然山水之间，畅享人与自然和谐统一之趣。

站在公园的观景台上，两岸鳞次栉比的楼房、一路飞奔的汽车尽收眼底。一些前来游玩的市民架起支架兴奋地拍摄短视频，江畔盛开的鲜花、恢弘大气的水秀舞台、水碧如洗的江面，赏心悦目的江岸风景，都成了他们镜头中最珍贵的素材。

在当地人眼中，涪江的江景绝对是最美的。特别是夜晚，华灯四射，处处流光溢彩，文峰古街灯火通明，文峰塔倒影在江面，江中行驶的客船，像一幅流动的画，一帧立体的景，一曲迷人的交响。

"以前就想着去外地打工，现在家乡建设得这么好，我就留在家乡工作啦！你看，我家就住在江对面，在自家窗台端着茶，就可以欣赏公园风光，晚上和一家人到公园散步、健身，真是幸福感爆棚啊。"自称老杨的市民眼角眉梢都带着笑，指着对面的房子，眉飞色舞地给我们介绍周边的一草一木。"从前这里是烂土堆，现在成了亲水休闲公园。不但有渔人码头、阳光草坡、野花草甸，还有露天水秀表演区、运动健身区。这里生态环境好了，每年冬天，一群群红嘴鸥在江面嬉戏，在天空飞翔，成了一道独特的风景！过去只想着能吃饱饭，填满肚子就行，没想到我们这代人能享受到这样舒适的生活，真是托国家的福哦！"说这话时，老杨眼里依稀闪烁着激动的泪光。

三

潼南因水而生、因水而秀。悠悠涪江一水穿城，千年古刹佛音袅袅，人工运河波光粼粼，湿地公园鸟语花香，古老与现代在这里激荡，让我们遇见了最美的潼南。

印象最深的是潼南大佛寺湿地公园，它像旷野大地上散落的露珠，闪烁着迷人的光芒。这座公园于 2019 年建成，位于涪江流经重庆潼南区中心区域两岸，南侧紧邻大佛寺，地处潼南城市形象展示的核心区域，是高密度城市中难得的滨河滩涂绿洲，也是潼南第二大湿地公园。公园以"江舟花堤悠悠走，三千须弥漫漫寻"为愿景，把潼南历史悠久的航运文化、以大佛寺为基础的佛教文化体现得淋漓尽致。

这个面积达 99 公顷的湿地公园，用了一种类似荷花叶脉的肌理，控制公园全局。水泡湿地重复出现，配置上各种乡土植被，形成了旷野大地，而一颗颗散落在公园内，由银白色金属材料构筑的露珠状装置，使这个湿地公园"大中见小"，让人流连往返。

步入大佛寺湿地公园，石板步道、景观亭、乔灌木及地被植物在整个湿地区域依次展开，形成了"小桥流水"的美丽意境。人行步道之间的池塘绿草茵茵，碧波荡漾，大片芦苇随风摇曳，水鸟碧波戏水，绿色清新的气息扑面而来；公园内林木葱郁、鲜花盛放、让人仿佛置身于山间丛林。徜徉在园中，呼吸着清新的空气，身体也格外的骄健和轻盈。

恰逢秋高气爽，艳阳高照，前来观景、散步、聊天聚会的市民络绎不绝。孩子们在家长的带领下，蹦蹦跳跳，嬉戏打闹，银铃般的笑声在园中回荡；大人们则闲庭信步，享受着天然氧吧清心润肺的惬意。

"这个公园生态环境特别好，特别是夏天，分散在园内的大小池塘里那一株株盛开的荷花，娇羞地绽放于水面，荷叶间，朵朵荷花亭亭玉立，婀娜多姿。还有的小荷尖尖，露出鹅黄的花蕊和嫩绿的莲藕；有的则含苞待放，摇曳于风中。粉红色的花蕾、零星点缀在池塘的绿叶中，显得格外娇羞可爱。娇艳的花朵、碧绿的荷叶轻轻摇曳，真是美不胜收。"

陪同我们的工作人员介绍说，湿地公园丰富的植物群落，不但具有改善城市生态环境、调控环境污染、清除污水中的"毒素"、净化空气的作用，还能有效控制洪水和防止土壤沙化，具有涵养水源、保持水土的功能，是蓄水防洪的天然"海绵"。在建造大佛寺湿地公园时，就重点考虑了植物的多样性。除了为荷花营造约8000平方米的水生种植区，还为蓝花楹、池杉、杞柳、粉黛乱子草、地涌金莲、无患子等50余种地被植物保留了17万平方米的地被种植区。每年7月至12月，公园内都有不同种类、不同花色的鲜花交相辉映，吸引了不少游客前来观赏。

"以前这个地方是河道滩涂，高高低低、坑坑洼洼的，遍地都是杂草，让人根本看不上眼。现在鸟语花香，我们经常都会来这里转转。"在潼南人眼中，这里像变魔术一样，仅一年的时间，一个原来毫不起眼的地方摇身一变，竟然成了一座风光旖旎的湿地公园。更令人赞叹的是，公园底下埋着密密麻麻的排水管道，这些排水管道不仅为园内大大小小的湿地导入涪江之水，循环往复，灌溉植被，形成水漫湿地之景，还能为栖息在湿地公园的鸟类和鱼类提供源源不断的活水。设计师运用与洪水相适应的弹性设计，保护了动植物生存环境，并挖掘了地方文化，打造了独具特色的城市滨水湿地景观，重新激发了湿地系统的生态服务功能，让人们在大自然里，找到了最质朴的快乐。

走出大佛寺湿地公园，我发现，这里只是潼南区生态文明建设的一个缩影。那一座座具有休闲、游览、健身、娱乐功能的公园，一个个像保护眼睛一样保护生态环境的人，扮靓了潼南，提升了居民的幸福指数。

森林是地球之肺，河流是大地的血液。工作人员告诉我们，以前，潼南的"血液"出现过问题。为解决双江古镇河道污水渗漏、河道岸坡积淤、边坡滑坡阻塞河道的情况，潼南区积极实施潼南双江古镇景区浮溪河、猴溪河综合整治工程，通过稳定岸坡、改造污水管网及生态修复相结合的治理措施，重新构建了健康完善的水体生态系统，在提高河水系自净能力、改善河道水体水质、加强岸坡稳定的同时美化双江城镇环境，为居民打造出景美水绿的生态环境。

涪江支流的猴溪河，绕双江古镇潺潺而过。漫步河边，只见河水清如明镜，在和风的吹拂下，漾起层层縠纹。不少市民和游客三三两两地聚在一起，或畅谈闲聊，或驻足拍摄美景，一种自然之美、和谐之美映入眼帘。

"以前猴溪河的水质太差了，就像一条臭水沟，经过的时候都能闻到臭味。而且河水污浊，河面上还漂着死鱼、塑料袋和乱丢的垃圾，现在的变化实在太大了！"在河边，当地生态环境局工作人员以手为瓢，捧起河水贴近鼻尖仔细嗅闻。"你看嘛，水质非常好，没有任何异味！"他告诉我们："自从加强生态清淤与河道、河岸垃圾清除，建立河长制等河流保洁长效机制后，情况就不一样了，河水清澈了，水也不臭了！"

不仅是猴溪河，根据不同河库状况，潼南区有针对性地"对症下药"，制订了详细的河库防治、管理、保护方案，全面推行"一河一策""一库一策"方案。潼南有大小河流136条，其中流域面积1000平方公里以上的市级河流2条，流域面积50平方公里以上的区级河流14条，镇级河流64条（含人工运河），村级河流56条，各类水库74座。需要强调的是，潼南区地处川渝交界，跨界河流众多，其中，涪江、琼江就横贯全境。虽然多样化的水资源助推了社会经济的发展，但因为流域范围、周边环境、综合功能各不相同，水文水情、纳污能力和污染状况也各有差异。

为了切实解决各类具体问题，潼南区建立了"河长工作督查督办"制度，发现问题列出清单、明确责任、挂账整改、跟踪问效，确保事事有着落、件件有回音。对生态良好的河库，要突出预防和保护措施；对水污染严重、水生态恶化的河流，则要强化水功能区管理……

同顶一片天，同饮一江水。针对流域上下游环保基础设施不同及生态环境存在差异的现状，如何构建生态环境同城化、一体化发展新格局？除了以河长制为抓手外，潼南区打破区域界限，推进全域治理，共建跨界河流"管家"，与重庆铜梁区、合川区，四川省遂宁市、资阳市等相邻市区建立了生态环保及河长制管理协调机制，协同推进涪琼两江流域水污染防治、水旱灾害防御、水资源共同保护开发，开启了川渝跨界河流牵手共治的良好局面。

过去，跨界河流边缘经常处于"两不管"状态。琼江流域的水环境质量非常不稳定，普遍存在污水管网配套不足、管网老化、混接、漏损，污水处理厂长期低浓度、超负荷运行，污水处理厂出水无法稳定达标，沿线水产养殖废水外排入河等问题。最近几年，川渝两地签订协议联合行动，开展联合巡查、推进联合监测、实施联合执法，联合巡河与交叉巡河，实现了跨界河流联防联治、共治共管。如今，水变清亮了，周边老百姓的生活也舒心多了。

在了解到涪江潼南段水质常年保持在 II 类、获评 2021 年重庆市美丽河湖；琼江跨界河流联防联控经验做法曾登上央视《新闻联播》，被《经济日报》《人民日报》刊登推广并入选全国全面推行河长制湖长制典型案例时，作家们感叹道，没想到潼南的生态整治工作抓得这么细致。

四川省眉山市作协副主席、散文学会会长张生全在谈到对潼南的感受时说："我们走进潼南以来，看到的都是清澈平静而又宽阔的涪江水面，涪江两岸面积开阔的有机蔬菜，以及诸多景观错落有致的湿地公园，湿地公园里还有很多享受慢生活的市民，一切都显得岁月静好。不得不说，这些年来，潼南的生态保护确实做得非常好。哪怕涪江是一条脾气暴烈的苍龙，涪江人也能用科学的手段把它驯服，让它像江里的其他鱼虾一样，悠闲自在地遨游，和人类相互依偎，共同享受和谐幸福的生活。"

四

守一方风清月朗，护一城山清水秀，"守护"二字虽短，责任却非常重大。环保人为岁月守护生态环境，为生活铸就美好，从生物多样性、大气环境治理、水环境治理、环境执法、制度建设等各个领域，每一个人都在生态环境领域，以赤诚之心守护着生态之美。

在潼南，就有这样一群人：他们爬烟囱、闻废气，感知着城市中大气环境、水环境、土壤环境和声环境的细微变化；他们顶烈日、冒酷暑、战高温，是蓝天碧水的守卫者，是生态环境保护战线上的"侦察兵"。

重庆市最美基层环保人、潼南区生态环境局的刘翔是重庆大学毕业的环境科学专业硕士生，她怀胎十月，就整整与琼江的水污染"纠缠"了10个月。刘翔刚怀孕时，医生就告诉她胎儿可能患有唐氏综合征，有先天性智力缺陷的风险。医院的诊断结果让刘翔彻夜难眠，工作上的繁重压力加上腹中宝宝不确定的未来，让要强的她无比担心，又无比难受。但那时琼江的光辉断面水质一度达到劣V类，亟待治理。时任防污科长的她非常要强，没有丝毫退缩，挺着大肚子，和同事们一起，围剿来自琼江的水污染源，全河段排查梳理，开展整治污水偷排偷放专项行动，督促沿线7个镇级污水处理厂建成投用，建立沿线河段清漂制度，与上游近邻四川省安岳县建立联动协作机制。刘翔就像一位操不完心的家长，把琼江当成了自己的宝贝孩子，她和同事们一起，来到琼江边，看水面有没有漂浮物、河岸是不是整洁，有没有企业偷偷排放污水……她对当地河道的情况熟稔于胸，哪段河面水比较清、哪段河道容易脏，心里都有一张清晰的

"河道地图"。河段摸熟了，心里有底，一点点水质的变化都逃不过她的"火眼金睛"。最终，在大家的共同努力下，琼江潼南段达到地表水Ⅲ类水质要求，中央电视台《新闻联播》以"重庆全流域共治一江水"为题，报道了潼南区琼江河流域的整治成效。那一刻，已经身为母亲的刘翔眼中噙满了泪花。

谈起环保工作的艰辛，潼南区生态环境监测站的王应波深有感触。对监测员而言，夏天是最难熬的，因为重庆的最高气温可达41℃左右，人在室外如同蒸桑拿一般。上午，实时温度已经超过了35℃，王应波和小伙伴们一起来到涪江潼南段的一个监测点，开始了一天的工作。大家携带着仪器乘船来到江中心，将采样器缓缓沉入水中，装满水后，再缓缓提起，轻轻倒入塑料壶中。由于身处完全无遮挡物、湿度高的江面，不一会儿每个人都大汗淋漓，衣服也全部湿透了。每次监测采样，监测员都要在烈日下连续工作两三个小时，他们的脸上、手上都留下了烈日晒伤的印痕。

完成了水质采样工作后，他们又马不停蹄地去开展锅炉废气监测。锅炉废气监测既是一项技术活，也是一项极耗费体力的工作。王应波拎着40多斤重的烟气测试仪，爬上几十米高的烟囱，陡峭的楼梯几乎只能容下一只脚。行进到高处时，测试仪的重量，几乎耗光了他的全部体力。王应波艰难登上到不足1平方米的采样平台后，来不及喘气，就熟练地打开监测仪器，将采样枪插入烟囱进行采样，并对烟尘颗粒物进行监测。闷热的天气下，即使是站在一旁汗水也在不停往下流淌，紧靠烟囱采样的他更是汗流浃背。

为了保证采样数据的有效性，每次采样要反复进行三遍，一个烟囱的采样时间一般需要1个小时左右，这一个小时考验的不仅是专业能力，还有自身的扛热意志力。太阳照射在烟囱上面，加上烟气温度比较高，达

140℃左右，要在上面持续工作，经常是汗如雨下，手上也会起泡。这一切，王应波已经习以为常，对他而言，"累确实是累，但是为了家乡、为了下一代的幸福，也就觉得不辛苦了"。

潼南区生态环境局负责人告诉我们，环境监测是环保工作的顶梁柱，虽然很苦很累，但让人惊喜的是，经过他们的不断努力奋斗，近年来，潼南的环境质量发生了很大改善。如何让蓝天白云持久呈现，尽快让人民群众的环境获得感、幸福感更强，是压在每一位生态环境人心头沉甸甸的事情，老百姓对蓝天碧水的期待，更让他们感到使命的光荣与艰辛。

听完陪同人员的讲述，看着微风习习低拂过水面的时候，江水上那一条瞬间即逝的狭长的银色薄箔，我陷入了沉思。在这次采访之前习惯了优良的空气，好的自然环境，就觉得是理所当然。如果不是亲身体验走访，我也很难了解到我们享受这些优质环境的背后，有多少人为之付出了多大的努力和牺牲。四川作协报告文学专委会主任刘裕国说出了我一直想说的话："一路走来，一路感动。当我们抬头望望一碧如洗的天空，看看镶嵌在绿水青山之间的产业园，呼吸清纯的空气，脑海里总会浮现亲眼见证的生态环境建设者和守护者们忙碌而忘我的身影。他们每一个人都在为天更蓝、水更清、环境更优美而负重前行。他们正在打一场没有硝烟的战争。他们和冲锋陷阵的战士一样，是我们这个时代最可爱的人。他们用行动告诉我们，我国正在进行的青山绿水保卫战是一场伟大的战役。它和脱贫攻坚一样，是一个伟大的历史事件。"